ライ麦はもともと小麦に間違えられた雑草だった

食材と人類のウィンウィンな関係

Le plus grand menu du monde

Histoires naturelles dans nos assiettes

Bill François

ビル・フランソワ　河合隼雄／山本知子・訳

光文社

ライ麦はもともと小麦に間違えられた雑草だった

食材と人類のウィンウィンな関係

LE PLUS GRAND MENU DU MONDE
Histoires naturelles dans nos assiettes
by
Bill François

僕の最初の本を全部印刷してくれた印刷業者であり、
紙をドリームマシンに変えるレシピを教えてくれた、
おじいちゃんへ

フォークの先に思い出が見出されたときの驚き、
初めて味わったときの身震い、
至福の味と瞬間をともにする幸福、
そして食事が語ってくれるすべての物語へ

contents

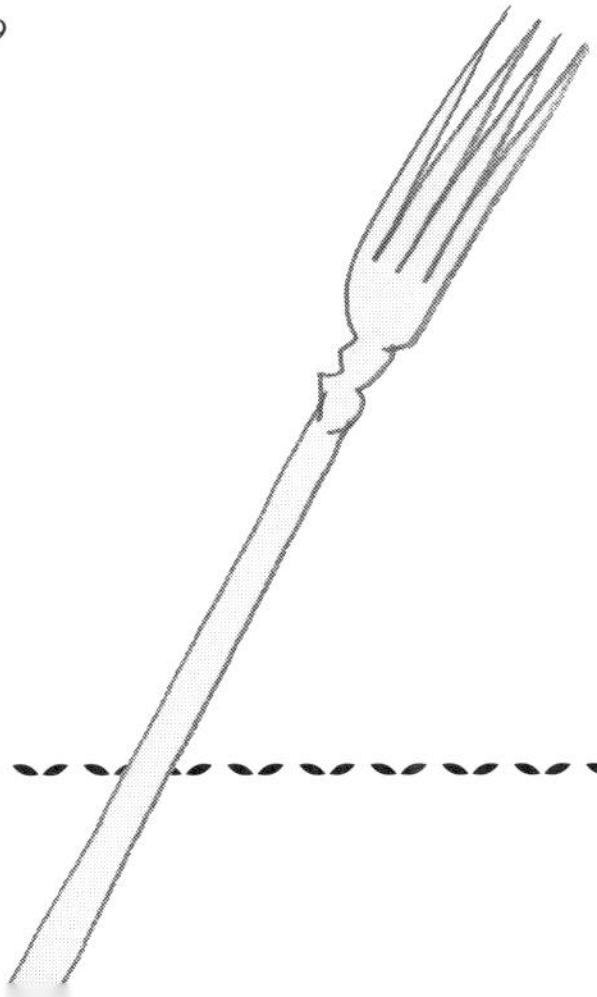

序文

あなたが料理人なら、コース料理を提供するときにはいつも気持ちがたかぶって胸がいっぱいになるはず。お客さんが食べはじめる瞬間には、さまざまな喜びが待ち受けています。そしていま、その同じ気持ちの高まりとともに、特別な試食会にご招待いたしましょう。

私にとって料理とは、いわば物語の詰まった材料を一瞬にして喜びへと変える技法《アート》です。でも、この本の道のりは逆向きです。料理の喜びから出発して、材料の物語に耳を傾けるよう促します。それにしても、なんとすばらしい物語の数々でしょうか！　場所や時代を横断する旅を通じて、私たちが食べているさまざまな料理がいかに型破りな運命を背負っているかを発見することになるからです。

十五年以上前、変わった手紙を受け取りました。夏休みに私たちと一緒に料理をしてみたいという高校生からの手紙です。その文面から湧き上がってくるような意欲が気に入って、頼みを聞くことにしました。そこから長い付き合いが始まりました。そして私は、知らず知らずのうちに、彼が書くものの最初の読者のひとりになったのでした。

そのとき高校生だったビルは、いまや生物物理学者兼作家です。科学の力で自然の神秘を解き明かし、ペンの力でそれを私たちに分け与えてくれます。そんな彼が料理への情熱を失わなかったことは、私にとってまったく驚きではありません。科学者の厳密さと芸術家の感性を組み合わせ、自然の産物から感動を引き起こすこと――それこそが、料理に対する正しい取り組み方だからです。

ビルはこの本で読者のために料理をしてくれます。思いがけない物語を伝えるために、神秘的な生物現象と驚くべき歴史的事実がエピソードに添えられます。彼はまた、味をととのえるように言葉を調合し、料理を彩るようにエピソードを並べます。それはとても魅力的なレシピといえるでしょう。本のなかには、ただ読まれ、ページをめくられるだけのものもあります。しかしこれは、味わい深く、おかわりしたくなる本です。この本から漂う香りのおかげで、もっともっと知りたくなるのです。

というのも、私たちには知らないことがまだまだたくさんあるからです！　レストランとは、まちがいなく地球でもっとも洗練され、文明化された場所です。ですが、この本のページをめくるにつれて、そこはまた野生の世界への窓でもあるのだと気づきます。人間の食べ物、その進化、その交雑、その旅といった大冒険について読むだけで、思い出の詰まった異国情緒あふれる料理が目の前に現れたような気分になるでしょう。料理を通じて、アボカドサラダの巨大なナマケモノ、リンゴのコンポートの起源であるクマ、レモンタルトのなかの隕石などに出会えます。そのおかげで、地球の巨大な食物連鎖における人類の位置がこれまでと違って感じられるようになるのです！　たとえば私は、パタゴニアのスパイと私掠船とブルトンの庭園とが織りなす最初のイチゴの誕生の場面に居合わせてからというもの、イチゴをこれまでと同じようには味わえなくなりました。また、読者のみなさんがこれから知ることになる人物、すなわち、想像しうるあらゆる食材を味わおうという大胆な食欲の持ち主、フランク・バックランドを私のレストランに招待したかった……と心から思います。きっと一緒にすてきなレシピを考えられたことでしょう。でも残念ながら、彼と私は同じ時代には生きていません。波乱万丈の人生を歩んだ料理界の冒険家であり、忘れ去られた未来の予見者でもある彼をいまここによみがえらせてくれたことを、著者のビルに感謝します。

　この本には、私たちの食事の味をととのえるのに不可欠な成分が含まれています。料理の味わいにもうひとつの次元を付け加える、博物学《イストワール・ナチュレル》です。これをどう取り入れるか、それは私たち料理人の腕しだい！

　私の予感が正しければ、この本を読み終わるころには毎日の食事は生物界の真髄へと私たちをいざなってくれる冒険なのだと感じられるでしょう。そしてキッチンの棚に、この本を並べておきたくなるにちがいありません。

序文

ギイ・サヴォワ

1

アペリティフの代わりに

すべては、ピスタチオとともに始まる

1

アペリティフの代わりに

僕たちをじらすためだけにウェイターがテーブルに置いていくと思われるものがある。ピスタチオだ。だが、実際には食欲を湧かせるために置かれている。ピスタチオは、一度食べはじめると止まらなくなるからだ。だが、テーブルに置かれる理由はそれだけではない。よく見てみよう。少し開いたその殻は、まるで微笑《ほほえ》んでいるように見える。僕たちに何かを言いたがっているみたいに。

現代の食事がピスタチオから始まる理由は、ピスタチオのおかげで、それも1粒のピスタチオのおかげで、メニューの背後にある物語を読み解けるようになるからだ。1701年秋、オスマン帝国にある1本のピスタチオの木が、他の実とともに小さな1粒の実をつけた。僕たちにすべてを教えてくれたのは、この小さなピスタチオである。

何百粒もの仲間と一緒に摘まれて布袋に放り込まれたとき、そのピスタチオはすでに、これから自分が売られて、炒られ、中東の絨毯《じゅうたん》の上でミントティーのお伴としてカリカリ食べられるのだと想像したことだろう。平凡なピスタチオの一生。しかしその日、バザールの商品台の前で思いがけない客が立ち止まった。ひとりの旅人だ。彼は、遠くからやってきたらしく、乾いたピスタチオの山を驚きとともに眺めていた。

旅人の名はトゥルヌフォール。[*1] 植物学者として生きてきたのに、それまで「緑色のアーモンド」は見たことがなかった。掘り出しものに大喜びの彼は、値切ることもなくそのピスタチオを買い求め、国に帰ったら王立植物園に植えることにした。

フランスの国王、ルイ13世（1601－1643年）は病気がちだったので、新しい治療法が見つかることを期待して、医師たちにパリ東部の広大な土地で植物の研究をさせていた。医師たちは奇跡の薬を見つけることはなかったものの、途方もなくすばらしい庭園をつくりだした。その後、何世紀にもわたってその庭園は維持されることになる。トゥルヌフォールがピスタチオを植えた当時、王立植物園は植物学の唯一の研究の場であり、そのときすでに、研究と同時に植物学の普及活動が行われていた。園内の小道は一般にも開放され、旅人でもある植物学者たちは、園内を通る人たちに自分が旅先で発見した植物について、誰もが理解できるようにラテン語ではなくフランス語で語った。温室や花壇では、遠い国からやってきた植物が斬新な香りを漂わせていた。やがて、さまざまな植物の生命の秘密について専門家に話を聞くのが大好きな人々が次々と訪れるようになる。木の生長、不思議な毒や薬……あらゆるテーマに関してすばらしい物語が生まれていったのだ。

ただし、一つだけ語られないテーマがあった。花についてだ。物見高い通行人が花についての質問をすると、学者たちは困惑顔で言葉を濁した。顔を赤らめながら質問をかわす

1

アペリティフの代わりに

か、そっけない返事をするか、そのどちらかだったのだ。花の美しさはどこから来るのでしょうか？　――単なる偶然の産物ですよ。花は植物にとってなんの役に立っているのでしょう？　――なんの役にも立ちません。単なる飾りです。では、花粉は？――植物の排泄物にすぎません……。植物学者たちが急いで話題を変えようとすると、質問した人たちは少しがっかりしながらも、しぶしぶ納得した。

　学者たちが花について語るのをそんなにも嫌がっていたのは、あることを疑っていたからだ。彼らは、同類の2本の木が近くに生えていると、花が実に変わり、そこから子孫が生み出されることに気づいていた。しかし、当時、獣や人間のように植物にも性的衝動があり、それによって繁殖しているかもしれないという考えは忌まわしいものに思われた。ユリやヒナギクといったかくも汚れなき存在が、浅ましき罪悪に耽《ふけ》っているなどということがありえるのだろうか？　そんなこと、想像するだけでもおぞましかったのだ。清らかに教会を飾る無垢の象徴である白い花……それが劣情に支配されているというのか？　学者たちはそのことを認めるのを拒み、花はなんの役にも立たないと信じることを選んだ。聖職者たちも、そう考えれば問題がないと賛同していた。

＊1　ジョゼフ・ピットン・ドゥ・トゥルヌフォール（1656-1708年）、フランスの植物学者。王立植物園の教授を務めたほか、花と果実を標準にした分類体系を考案した。

そのため、この時代、植物の愛情については誰一人理解できなかった。植物の生態を解明する術《すべ》もなく、人々は植物たちの物語を垣間見ることさえできなかった。植物たちの物語に耳を傾けようとしない人間たちを前に、花々はこっそりと愛し合わざるをえず、何も語らないままだった。ところが、1つのピスタチオですべてが変わったのだ。

中東からやってきたピスタチオは、王の庭師に大切にされ、パリの土の中に根を張った。やがて、がっしりとしたピスタチオの木に育ち、毎年、長い房状の淡い緑色の花を咲かせる美しい木になった。だが、どの花もまったく実をつけることはなかった。

この花が庭園を散歩する夢想者の目を引いたのは、1717年4月のことだ。そのとき、ピスタチオの木は16歳になっていた。

トゥルヌフォールの教え子だったセバスティアン・ヴァイヤン[*2]は、花のことで頭がいっぱいだった。これほどまでの創意工夫とエネルギーに満ちている花々が、「飾るため」以外になんの目的もなしに自然界に誇らしく並んでいるのは理屈に合わないと思っていたのだ。この問題を掘り下げているさなか、ヴァイヤンは、植物にも性別があると主張する学者たちがスカンジナビアにいるが、異端扱いされていると耳にした。当時、その学者たちの著書はフランスでは発禁処分となっていたが、ヴァイヤンにはそれが正しい考え方に思えた。だが、確固たる証拠なしに専門家たちの一致した意見を突きくずすことは不可能だ。

1

アペリティフの代わりに

ヴァイヤンは、アペリティフと一緒に出てくるピスタチオの殻がなかなか開かないからといって、器に戻して別のピスタチオに取り替えるようなことはしない人物だった。むきになり、たとえ爪が割れたりナイフが歪んだりしても、けっしてあきらめない人物だった。そんな彼の手で、やがて花の神秘が解明されることになったのだ。

あのピスタチオの木に気づいた彼は、同じ種《しゅ》の別の木を探しはじめた。すると、いくつかの通りを隔てた少し遠いところの薬草園で、少しだけ異なる花をつけているピスタチオの木を1本見つけた。この木もまた、まったく実をつけていない。植物学者ヴァイヤンは、片方の木の花のついた枝を1本、もう片方の木の花のついた枝の上で振ってみようと思いついた。数週間後、彼は、紛れもなくその土地でできたピスタチオの実を誇らしげに収穫することができた。そしてその実は、植物の受精についての動かしがたい科学的証拠となった。

ヴァイヤンは科学アカデミーで、「華々しい」言葉を使ってスピーチし、自分の発見を詳細に報告した。「花は植物の性器である」といきなり宣言したのだ。その後、雌しべと雄しべを動物の雌と雄の生殖器官と比較し、木々の「愛の戯れ」とか「激しい熱情」とか、

＊2　セバスティアン・ヴァイヤン（1669‐1722年）、フランスの植物学者。

当時としてはきわめて挑戦的な言い回しを使って説明した。部屋のうしろにいた学生たちがきゃっきゃやと騒ぎたてる一方で、最前列のイエズス会士たちは憤慨して非難ごうごうだった。

ヴァイヤンはタブーを犯した代償としてキャリアを棒に振った。彼の言葉を忘れさせようと躍起になった頭の固い学者たちにのけものにされたのだ。しかし、時すでに遅し。「パンドラのピスタチオ」は開き、真実は白日の下にさらされた。それ以降、人々は植物の秘め事を理解するようになった。ヴァイヤンは破産し、肉すら買えなくなってしまったが、彼にとってはそんなことはどうでもよかった。というのも、スープの器に入った野菜が彼に秘密をすべて語ってくれるようになったからだ。

1粒の小さなピスタチオのおかげで、人類は植物の物語に耳を傾けられるようになった。過去の物語にも、未来の物語にも。繁殖について理解できたことで、進化の原動力や植物界と動物界とを緊密に結ぶ関係に光が当てられるようにもなった。そして、何百万年もの昔の物語も手に入れることができたのだ。

食卓で僕たちに語りかけてくれるのはピスタチオだけではない。皿の中にはエキサイティングな連中が盛りだくさんだ。ロマンチストな植物たち、その愛に欠かすことのできないたくさんの虫たち、チーズを熟成させるバクテリアたち。まだある。アップルタルトの背後にはカザフスタンのクマ、ズッキーニのグラタンの中には先史時代のゾウがいる。さらにはあつあつのフライドポテトに見出される自然界の大事な法則。よく見てみれば、野菜のブイヨンスープの中を泳ぐクジラだって見える！　自然の驚異を目のあたりにするために、わざわざはるか遠くのジャングルに足を運ぶ必要はない。僕たちの食事は、その物語をじっくり味わおうとする人々のために、生命の豊かな世界を隠しもっているからだ。

そろそろ注文をしなくては。オリーブオイルのはねる音が厨房から聞こえてくる。ウェイターは綱渡り芸人のように、客の視線のなかをテーブルからテーブルへと通り抜け、曲芸のように皿を扱い、韻を踏んだり言葉遊びをしたりしながら冗談を言う。声があがり、香りが漂う。友達同士のグループが食べ物を口に運びながら、昔の祝宴を思い出している。自分の皿にしか興味のない子どもたちが、隣のテーブルの犬と遊んでいる。目の前では、テラス席で旅行者がちょっとしたアミューズ・ブーシュ[*3]を写真に収めている。

テーブルのランチョンマットの上に、ウェイターがメニューを置いた。あとは、料理を

*3　前菜の前に出る小料理。

選ぶだけだ。

レストランでの食事は物語のように展開する。毎回、本を開いたときのように始まるからだ。前菜、メイン、デザートと3部で構成され、さまざまな人物、植物、動物が登場する物語。付け合わせは脇役で、調味料やソースは舞台装置だ。料理という名の繊細な芸術が、素材の味という俳優たちのすてきな会話を味わわせてくれる。

それぞれの料理で、さまざまな種《しゅ》に順番に台詞《せりふ》が与えられている。混じり合った声が、各地・各時代の他の生き物の日常のなかにあるかぐわしい香りを僕たちに届けてくれる。そのレストランで出会う女性や男性が、さらに新鮮な味わいを添えてくれる。

このコース料理は食べ放題だ。同じものを何度も味わうこともできる。そのたびに物語は適温に温めなおされる。旬のものしか出さないが、どの話だって旬のもの。語りに季節はずれなどない。

アレルギーや信仰や好みの問題で食べられないものがあったとしても、幸いなことに、物語という形でならどんな食材も味わえる。とんでもないことになる危険はない。

僕たちが味わう料理はすべて自家製だ。新鮮な食材から丁寧につくりあげてきた。僕たちの言葉のいくつかはとても新鮮なまま供される。科学の最近の発見という、枝からたったいま摘んできたばかりの話。一方、数千年ものあいだ貯蔵されてきた話もある。それはきっと、時間とともに熟成された味わいだろう。
成分はすべて自然のもの、本物、そして認定済みだ。原産地統制されたアーカイブのみから調達している。だが、僕の言葉を無理に信じなくても大丈夫。いずれ、ちゃんとした証人を呼んでくるつもりだから。

１７０１年に植えられたピスタチオの木はいまもまだ立っている。葉はかつてないほど鮮やかな緑で、まるで魔法にかかったように相変わらず元気だ。もはや「王立植物園」とは呼ばれなくなったパリのこの植物園にいるそのピスタチオの木は、木としての長い生のなかで、このコース料理に出てくる人間、植物、動物の多くと出会ってきた。そのピスタチオの木はまた、物語の発見者である登場人物たち、さらには、物語を構成する成分の先祖たちの一部とも個人的な交流をもっている。その緑の茂みが私たちの食事に落とす影には、３００年分もの秘密の春が含まれている。

「お決まりですか？」ウェイターがペンとメモ帳を手に尋ねる。「ええと、まだです」僕もそうなのだが、選ぶのがとても苦手というタイプでも今回は大丈夫。このコース料理は選ぶ必要がないからだ。メニューを前にしてためらい、助言を乞い、苦肉の策として隣の人と同じものを注文するなんてこともしなくていい。次から次へと出てくる料理をただ端から味わえばいいのだから。
さあ、どうぞ召し上がれ！

2

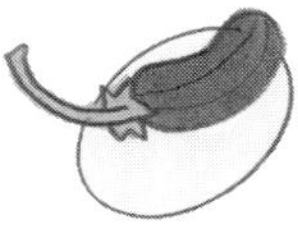

ミックスサラダ

サラダが語り合う

苦味のおかげでチョウが繁殖する

脂肪が味の一種に昇格する

2

ミックスサラダ

植物があれこれ話しかけてくれても、僕たちは聞く耳をもたないことが多い。植物が話す物語は、僕たち人間が話す物語とはまったく違う。違いすぎるので、直接聞くことができないのだ。

僕たち人間の物語は、主に言葉によって伝えられる。ときに映像が、ときに音楽が加えられる。だが、サラダの場合は全然違う。すべてが味によって伝達されるからだ。

生野菜をひとくちかじると、無数の味が口の中できらめく。とくに注意を向けなければ、まとまりのない花火大会のような混乱した印象を受けるだろう。全体をよく味わったとしても、抽象絵画を美しいと思うときと同じで、そこに意味を見出そうとはしない。まるで、味から読みとれるものは何もなく、サラダは何も語ろうとしていないかのように。

だが実際は、言葉と同じように味にも意味があり、物語を内に宿している。甘味、塩味、苦味、その他の基本的な味には、僕たちがそういった味を感じることができるようになった進化の長い過程が、それぞれ異なる仕方で反映されている。植物は味を媒体にして、自分の原産地、自分の存在、さらには人間とのつながりを物語る。フォークの先でメスクラン[*1]やレタスサラダの葉をめくることで、生命という本のページもめくられる。さて、どこから始めようか？

お皿の隅で真っ赤なプチトマトがこちらに目配せしている。まずは、トマトに話を聞いてみよう。

新鮮で歯応えあるトマトが口の中で弾けた。とても甘いトマトだ。なかなか気づかないことだが、サラダには甘味がつきものである。ざく切りのパプリカがいい例だ。薄切りにして焼いたナスも、まるでキャラメルのようにさらに甘い。この甘味が聞かせてくれるのは、これまた甘美な物語だ。それもそのはず。甘味のおかげで、植物が僕たちにどれぐらい好意をもってくれているかがわかるのだから。

だが、昔はそうではなかった。地球上に登場した当初、植物と動物は敵同士だった。動物を追い払うため、植物は棘《とげ》や苦味で武装していた。種子や花粉を用心深く隠しもち、風が偶然運んでくれるのに任せるだけだった。花と実は存在せず、世界は一様に緑色で単調で、甘いものなど何一つなかった。

そんな遠い昔のサラダの味を想像するのは難しい。ほとんどの植物が食べられるもので

2

ミックスサラダ

はなかったからだ。その深緑の時代を思い起こさせる唯一の食べ物がマツの実である。3億年前に初めて登場したマツの実は、いまも皿の縁でその先史時代の輝きを発している。マツは、棘があって花のない原始的な姿で、裸子植物と呼ばれる植物に分類される。動物の攻撃だけでなく森林火災にも耐えられるようにつくられたマツカサの鎧《よろい》の下で、宝物のようにして実を守っていた。子孫たちは炎に耐えるだけでなく、むしろ火が好きになっていく。樹脂の多い松の木は森林火災を好む。その種子は、焼け野原の唯一の生き残りとなり、競争相手のいないなかで芽を出すことができるからだ。マツの琥珀《こはく》の香りは、風と火だけが植物の仲間だった、この厳しい時代を物語っている。

ジュラ紀の森林では、巨大な恐竜たちが切り倒してきた針葉樹の陰で革命が企てられていた。動物と同盟を組む、変わった植物が出現したのだ。彼らは、「花」という夢のようなレストランを開いた。色とりどりの花びらで飾られたテーブルの上で、植物たちは花粉を運んでもらうのと交換に虫たちにおいしい蜜を振る舞ったのだ。第2のサービスとして、植物は、それを味わいたい者には誰であれごちそうするための実を生み出した。食べるためのたった一つの条件は、食事の前か後に種子を飛び散らせて、植物が自力ではたどりつけないところに種《たね》を蒔《ま》くことだ。おいしい食事と交通手段の交換は、お互いにとってメ

＊1　レタス、チコリ、タンポポなどを使った南仏起源のベビーリーフのミックスサラダ。

リットがあった。蜜を吸っても果実をとっても、それは植物を殺すことにはならない。むしろ助けることになる。植物はそのことを知っていて、お返しをする。

この同盟の規模を理解するためには、王立植物園のピスタチオの木と進化についてのその後3世紀にわたる研究が必要だった。そしていまでは、この同盟関係がどれほど地球の様相を変えてきたかがわかっている。この協定は、まずは下草のなかで成立した。僕らのサラダは、この先駆的な友情の香りを視覚化したものだといえるだろう。アボカドとコショウから進化の系譜をさかのぼっていくことで、動物に初めて歩み寄った最古の被子植物にまっすぐたどりつける。ローリエとハッカクもまた、先史時代の薮《やぶ》に潜んで動物と植物を和解させはじめた役者たちの系譜に属する。

こうして、あっというまにすべてが変わった。被子植物という新しい階級が想像を絶する大成功を収めたのだ。動物と手を組むだけでなく、より小さな細胞によって効率よく光合成を行えるようになったことで、被子植物はあらゆる環境を占領していった。地球の風景はいまだかつてない色彩を帯び、花々と昆虫たちとともについに春を迎えた。

いまから6600万年前の白亜紀の終わり、かの隕石が地球に衝突して火山噴火の大厄災を引き起こし、生物種の4分の3が絶滅した。そこには、のちに鳥類となる一部を除く

2

ミックスサラダ

恐竜も含まれていた。この時代の地球には月のように荒涼とした大地が広がっていたと想像される。そこから、花が爆発的に増えはじめる。煙がくすぶる荒野では、生き残った被子植物の種《たね》が芽を出しはじめた。失われたかつての世界を讃えるかのように、色とりどりの花畑が広がったのだ。

すべては再建されなければならず、木生シダや針葉樹が激減したこの地球では、被子植物が地面を占領していく。被子植物は、動物との協力のもとに進化してきた。動物をよりうまく誘惑するために、その実にかつてなかった甘さを加えるようになった。一方の動物は、より多くの実を食べられるようにするために、甘味に対してより強い感受性を身につけていった。僕たちの甘味への感覚はこのようにして生まれた。いわば植物との友情の証なのである。

僕たちは甘味を味わえるという幸運に恵まれた。しかし、植物は誰にでもこんな贈り物をするわけではない。ネコ科の動物のように果物をいっさい食べない哺乳類は甘味をまったく感じない。だから、植物の種子の拡散を助けてはくれない。植物もお返しにそういう動物を喜ばせたりはしない。

トウガラシはさらにその先を行き、友人を慎重に選ぶ。まちがいなく人間は敵である。僕たちの舌にのせられたトウガラシは、焼けつくような感覚を引き起こし、食べることをためらわせる。僕たち哺乳類の多くは種子を完全に消化してしまうため、発芽に貢献してくれるわけではない。そこで、植物にとっては僕たちを果実から遠ざけるのが得策ということになったのだ。逆に、鳥たちは植物の庇護者だ。鳥の消化器は種子をそのまま排出し、その後、効率的にばらまいてくれる。そこで、トウガラシはカプサイシンという物質を発明して鳥に的を絞った。カプサイシンは哺乳類の口の中で燃えるような感覚を引き起こすが、鳥類の場合には何も起こらない。南インド洋にあるレユニオン島のもっとも恐るべきトウガラシが「鳥のトウガラシ」と呼ばれているゆえんだ。

僕らのサラダには、生のトマトの脇にドライトマトの一角がある。ドライトマトには、甘味と並んで、包みこむような心地よい別の味がある。ただし、その味は必ずしも気づかれない。味が凝縮されていると表現する人もいるかもしれないその味とは、「うま味」である。醤油、パルメザンチーズ、ブイヨンキューブなどにも見られるうま味。甘味と同様に、人間の舌が直接に感じることのできる基本的な味の一つだ。科学者たちが、うま味とは人間がそれ専用の受容体をもっている、いわば完全な味であると理解したのはごく最近になってからのことだ。この味が発見されたのは、当然のことながら、味噌汁から海苔にいたるまで、どこにいてもうま味が当たり前にある国、日本でだった。

うま味（umami）が僕たちの友達《アミ》だとしたら、ここにもまた進化の問題がある。この味はタンパク質の存在を示していて、母乳に代表される栄養価の高い食事へと僕たちを導いてくれる。僕たちにとっては脇役である果実はこの仕組みを活用する術を知っていて、食いしん坊の動物をよりいっそう引きつけるためにこの新しい味をメニューに付け加えた。トマトやグレープフルーツといった果実の多くは、うま味を引きおこす化合物の一つであるグルタミン酸を多く含んでいるため、僕たちにうま味を味わったときの喜びを感じさせてくれる。

2

ミックスサラダ

甘味もうま味も、貴重なご褒美といえよう。というのも、トマトが甘味やうま味をもつようになるのは長い時間をかけて熟したあとだからだ。まさしく、果報は寝て待てだ。果実は熟すにつれて、目に見えて色が変わる。熟すまでのあいだは緑色で、茂みのなかに隠れている。だがひとたび熟すと、僕たちの食欲をかきたてる輝きを帯びる。鮮やかに赤くなることによってトマトは僕たちとコミュニケーションをとり、かじるように要求してくるのである！

人間の色覚もまた、果実のおかげで進化した。僕たち霊長類は、進化とともに、赤く熟した実を視覚によって見分けられるように、錐体細胞[*2]を1種類多く備えるようになったからだ。ほとんどの哺乳類は2種類の錐体細胞しかもっておらず、僕たちの目には違って見える色の多くを区別できない。テクニカラー[*3]の作品を楽しめ、とても細かいグラデーションまで赤と緑を見分けられるのは、果実という友達のおかげなのだ。

僕たちの我慢が足りないと、植物は別の基本的な味で「せっかちだよ」と伝えてくれる。それは酸味だ。青すぎる果物を収穫してしまう人への警告でもある！　酸味がフォークの先で顔をしかめている。逆に、収穫が遅すぎる人にも同じ制裁が待っている。熟しすぎた果物も酸味を帯びるからだ。種子が発芽する準備が整ったら、動物がちょうどいいタイミングで実を奪いとることができるように、植物は甘味という飴と酸味という鞭を使いこなすのだ。

しかし、酸味はそれ自体が心地よいものでもある。レモンやビネガーをサラダにひと振りしただけで、わくわくするようなスリルがサラダに加わる。まるでかくれんぼ遊び、あるいはサプライズのように、酸味は恐怖と同時に喜びももたらす。酸味に恐れおののきながらも、僕たちが酸味を好きになるのはなぜだろう？　そうした酸味の特徴こそがビタミンCを多く含む果実へと導いてくれると考えるからだ。だが、それは仮説にすぎない。

2

ミックスサラダ

酸味という味覚がとても古くからあることだけは確かだ。酸味は先祖である魚から人間が受け継いだ味覚なのだ。魚たちはいつだって、味に満ちた水のなかを泳いでいる。魚の味蕾《みらい》はその口の中だけでなく、体やヒレのあちこちに分散している。自分を取り囲む世界をたえず味わっているのだ。魚はとくに酸味を求める。実際、水生動物が呼吸をすると炭酸ガスが放出され、酸という形で水中に広がる。そのため、酸味は多くの場合、餌となる他の生物が近くにいることを教えてくれる。レモン菓子をコイにあげようとすると、コイは遠くからでもそれに気づく。虫やザリガニがいると思いこむのだ。酸に対する感覚は、僕たちの先祖がコイのように濁った水の中を泳いでいた時代に遡る。数滴のビネガーを味わうこと、それはかつて海の底を探索するのに役立った受容体を活性化させることにほかならない。

サラダボウルの中で出会うのは、甘味、うま味、酸味の物語だけではない。クレソンの

＊2　網膜で光を受容して電気的活動に変換する光受容細胞の一種。
＊3　カラー映画の採色技術の一つ。青・緑・赤の3原色に分解した3本のフィルムを1本にまとめる方法。

切れ端の陰で待ち伏せていた苦味が突然現れることもある。

この不快さを水で流す前に少しばかり味わってみよう。その味の激しさを感じることで、植物の歴史書のまた別の巻、戦争というもっとも恐ろしい巻を少しだけ開くことになる。


植物は平和を知らない。アブラムシもキリンも、そしてあなたも僕も、植物にとってはみな捕食者だ。身を守るために一目散に逃げ出すことなどできないので、闘う以外に選択肢はない。その武器は、苦味だ。

敵に食べられないようにするため、植物は、苦味物質で武装するようになった。実以外のすべての部分、すなわち葉、茎、花、根など、動物の食欲から守りたいあらゆる部位に苦味を染みこませたのだ。

しかし、僕たちはアンディーブ、ラディッシュ、アーティチョークを喜んで食べる。苦味を大いに堪能する。それは、苦味が虫をノックアウトする量に調整されているためである。だが、人間のような大型の霊長類には量が少なすぎて効果がない。アーティチョークの茎や葉のようにもっと強い苦味だと、口当たりが悪いばかりか有毒だとすら言われている。しかし苦味が少量であれば、むしろ楽しめる。

僕たちは苦味に対して、多すぎると嫌がり、少しだけなら楽しめるという両義的感覚をもっているが、それは植物が苦味に二重の用途をもたせているためである。

2

ミックスサラダ

いざ闘いとなったとき、苦味は大いに役に立つものだ。苦味はその植物の毒性の警告であることが多いため、僕たちは苦味を避けたほうがいいと学んできた。しかし、平穏なときには、植物は苦味物質をより平和的な使命に利用する。たとえば、苦味は、細胞を強化し病気を防ぐために使われる。こうした効能は、僕たち人間の病気の治療にも役立っている。だから人間は、少量の苦味が健康によいことも知っている。苦味は非常に豊かで、あらゆる味覚のなかでももっとも多様性に富んでいる。人間の脳が数千種類の苦味成分を識別できるからこそ、サラダ好きは果てしなく多様な楽しみを得ることができるのである。

苦味に「味をしめた」のは人間だけではない。昆虫もまた、苦味に慣れるように絶えず進化しつづけている。それに対抗するかのように、植物も絶えまなく新しい苦味を発明する。まるで永遠の軍拡競争のようだ。サラダをひとくち食べたときのさまざまな味の多様性は、植物と昆虫のあいだの競争の激化によるものなのだ……。

それぞれの軍隊は、咀嚼するリズムに合わせて歩を進める。先頭を行くのはアブラナ科連隊だ。食卓のあちこちにいるこの科の植物は、グルコシノレートという、硫黄をベースにした苦味の爆弾をつくりあげている。この爆弾が作動するのは敵が葉をかじったときだけ。僕たち人間にとっては、それはおいしさの爆撃にすぎない。お次はクレソンのミサイル、ケッパーの手榴弾、ケールのトゲトゲの鎧だ……。

敵の陣営も、反撃に向けて準備万端だ。ほとんどの昆虫はアブラナ科植物との闘いに降参せざるをえないなか、チョウはその闘いに打ち勝つ術を身につけている。チョウの幼虫は耐性をもっているので、昆虫のなかで唯一グルコシノレートを食べることができる。アブラナ科が防衛方法を多様化すればするほど、シロチョウ自身がどんどん多様化し、ついには春の空をシロチョウが埋めつくすようになった。たとえば、キャベツの葉の苦味がオオモンシロチョウ[*4]をつくりあげ、マスタードの辛さによってブルーグレーのレプティデア・シナピス[*5]は守られている。

苦味をもつ他の科の植物も、チョウとともに同じ歴史を歩んできた。それぞれの苦味に対応するチョウの種《しゅ》が存在するのだ。オレガノが香りを放っているって？　するとすぐに、イカルスヒメシジミが飛び立つ。ウイキョウからはアニスの香りが漂い、美しいキアゲハがやってくる。アーティチョークに含まれる苦いシ

苦い植物とチョウ

2

ミックスサラダ

ナロピクリンはヒメアカタテハの幼虫のごちそうだ。

今日も強固な要塞が残されているのは、中世の騎士の戦いのおかげだ。さまざまなチョウが今いるのは、野菜の闘いのおかげだ！　サラダの味わいの多様性と昆虫の美しさの多様性には相互関係がある。2つとも驚嘆すべきものだが、それは対になっていて、自然にまつわる一つの物語が味わいと色彩という2つの言語で翻訳されているようなものである。

塩入れはどこだろう？

サラダに何かが少し足りないと思うのはよくあることだ。塩味が足りないと、塩味がいかに味覚のアクセントになっているかがよくわかる。サラダには塩が必要なのだ。そもそも塩の入っていないサラダなんてあるのだろうか？　フランス語で「サラダ」を意味する「サラッド（*salade*）」は、「塩味」を意味するオック語[*6]の「サラダ（*salada*）」に由来する。さあ、バランスを立てなおすために、この味のある結晶を振りかけよう。

塩味に対する僕たちの感覚の起源は太古の昔に遡る。それは、人間の味覚の物語のなかでももっとも古いものだ。なにせ塩味が登場したのは、海に生命が現れた38億年前なのだ

＊4　仏語では「キャベツのチョウ」と呼ばれる。
＊5　シロチョウの一種。仏語では「マスタードのシロチョウ」と呼ばれる。
＊6　南フランスで話される諸言語の総称。

から。海に住んでいたこの遠い先祖からいまの僕らに残されたものはほとんどなく、しょっぱい思い出だけだ。この時代、原始の海の多くの泡と同じように、すべての生物の細胞は、水とミネラル塩をベースにした、塩分濃度が海洋に近い液体を含んでいた。このようにして生まれた生命ははじめから塩分を含んでいた。生物は細胞の塩分濃度を海水の濃度より低い生理学的濃度に保ちつづけないと生きていけない。そのために僕たちは塩を必要とし、塩分濃度が高いと不快になり、低ければ足りないと感じるようになった。ちょうどよい濃度の塩分はまさしくごちそうなのである。海を離れて数億年が経ち、海から遠くに住んでいても、塩への欲求が僕たちを海に結びつけている。

「もう、よろしいですか?」ウェイターは僕たちのサラダボウルがほとんど空になっていることに気がついた。

　サラダの最後の1枚の葉をめくると、フレンチドレッシングがちょっぴり残っているだけ。生野菜のサラダに耳を傾けることに忙しく、ドレッシングに気づかなかったが、幸いなことにドレッシングはまだそこにある。ドレッシングの価値もまた正当に認めなければならない。包み込むようなオイルのとろりとした感じがなければ、まるでただ草を食《は》んで

2

ミックスサラダ

いるようで、サラダから何も聞きとれなかっただろう。

オイルが味付けに欠かせないのは、クチクラ[*7]のおかげだ。その薄い蠟《ろう》質の膜は、すべての植物を覆い、葉や果実に防水処理を施してくれる。その層はきわめて薄く、ケールの表面の光沢のある「ニス」のような膜や、ブドウやプルーンの表面に乾いた質感の白粉（ブルーム）として出現するときくらいしか、肉眼で見分けることはできない。クチクラは植物にとっては日焼け止めであり、レインコートでもある。もしドレッシングにオイルが含まれていなかったら、オイルクロスの上に水を流したように野菜の上を流れていってしまい、野菜がドレッシングで覆われることはなく、さまざまな味の混ざり合いを楽しむことなどできなくなるだろう。

オイルは単なるコーティング剤ではなく、それ自体が味をもっている。オリーブオイルの少し青臭い刺激、ナッツオイルの焦げてすえた苦味、ひまわり油のフローラルな香り。オイルによってもたらされる味覚を正確に把握するのは難しい。実際、それを表わす言葉が見当たらないことから、科学者たちが2015年に「脂味《オレオガスタス》」という言葉を発明したほどだ。

アリストテレスは脂肪に味があると気づいていたが、人間の舌にその味を検知する受容

*7　生物の体表にできる丈夫な膜のこと。キューティクルや角皮ともいう。

体があるという証拠が見つかり、脂肪もまた基本的な味の一つであると証明されたのは21世紀になってからだった。脂味が発見されるまでは、オイルは、ニスが絵画の色彩を際立たせるように、質感や温度の作用によって味を引き立てるだけのものと考えられていた。脂味の発見によって、油はそれ自体が絵画のなかの一色をつくりだすものだと知られるようになったのだ。

6つの基本的な味――甘味、塩味、酸味、苦味、それに（フランス語にしては）奇妙な名前のうま味と脂味[*8]も忘れてはいけない。それらすべてがあってはじめて味覚がそろう。僕たちの口の中に人類の歴史の一部が刻印されているのだ。

しかし、食事の感覚は、味蕾が検知する感覚に限定されるものではない。香りの大半は、主に鼻で知覚されるにおいで構成される。さらには人体の思いがけない場所に味を感知する器官が発見されている。たとえば、心臓は苦味を感知すると考えられている。

食感、温度、音、思い出、夢想、こうしたものも食事の感覚に加えられる。

これらの知覚はすべて、僕たちに多くのことを教えてくれる。あとはそれを味わえばいいだけだ。

2

ミックスサラダ

*8　うま味を表すフランス語umamiは日本語からの借用語で、脂味olegustusはラテン語由来の造語なので、どちらもフランス語らしくない。

3

夏野菜のキッシュ

ビーツが砂漠を案内してくれる

魔女がトマトの薬を調合する

ハツカネズミがキウイに変わる

3

夏野菜のキッシュ

「野菜」という言葉を聞いただけで、しかめっ面《つら》をする子どももいる。野菜を食べるように何度もしつこく勧める大人は、子どもが食べてくれると期待しているというよりは、道徳的な原則にしたがって野菜を食べさせなければいけないとでも思いこんでいるかのようだ。「ちゃんと食べなさい。ほら、ナスはおいしいでしょう?」

それなのに、メニューにコリアンダーが入っていたり、辛子が効いていたりする料理があるとわかったとたん、大人たちも尻込みしてしまう。「キノコ類は抜いてください。サラダにビーツは入っていますか? ドレッシングは別添えにできますか?」それを聞いた子どもはこうつぶやく、「ちゃんと食べなさい、だったよね?」

味わうことは、くらくらするような体験だ。武器といったらフォーク1本、一人で見知らぬ生き物と対峙するばかりか、その生き物がもたらす感覚に味蕾をさらさなければいけない。僕たちは警戒しながらも好奇心によって、すみかを探している動物やこの世に生まれたばかりの新生児のような状況に自らを送り込む。この植物は仲間だろうか、敵だろうか? ごちそうだろうか、危険なものだろうか?

「好き嫌いは議論できない」ということわざもある。まさに十人十色だ。それでもなお、好き嫌いから学べることは多い。

何かを好むとは、他の生き物との関係を築くことだ。何かを嫌うこともまた、何かをおいしいと感じることと同じように、人間の進化とともにつくられてきた。それらは、いま生きている僕たちより先に幸福を求めてさまざまな食べ物を試し、ときには失敗してきた先祖たちの遺産である。毒にやられた先祖たちは二度と毒に触れないようにした。そうやって生き延び、毒に対しての警戒心を遺伝子とともに子孫に伝えてきた。人間の生得的な知識ともいえる嫌悪や警戒心は、身を守るために存在する。毒のある植物は極端に苦いので人間はそこから遠ざかる。つんとする酸味は微生物の存在を人間に知らせてくれる。

しかし、このように人間を助けてくれる嫌悪や警戒心のなかには、あまりに古く、いまではなんの役に立つのかわからないものも存在する。たとえば、コリアンダーはすりつぶしたカメムシみたいなにおいがするとよくいわれるが、実際にコリアンダーを嫌う遺伝子をもつ人間が一定数いる。そんな事実をどう説明すればよいのだろう？　いずれにせよ、コリアンダーに名前をつけた古代ギリシャ人は、コリアンダーを好まない人の側にいたにちがいない。というのも、この植物を、「雄のカメムシ」を意味する「コリ・アンドロス（*kori andros*）」と名付けたからだ。[*1]

3

夏野菜のキッシュ

あなたがもしビーツ嫌いなら、その理由は科学によって解明されている。この根菜の土くさい香りは、僕たち人間の誰もが好むようにプログラムされているはずの物質、ゲオスミンに由来する。

このにおいは、田舎で夏の雷雨のあとにかぐことができる。雨のあとならではの香りは、このゲオスミンによるものだ。土の中で、ゲオスミンは、ストレプトマイセス属（*Streptomyces*）と呼ばれる細菌などから放出される。捕食者であるトビムシという小型の節足動物を引き寄せるためだ。ストレプトマイセスにとってトビムシに食べられることは、生きるうえでの究極目的といえる。食べられるという代償を払うことで、胞子をばらまき、繁殖することができるからだ。雨が降るとゲオスミンが流れ出て蒸発し、調香師が「ペトリコール」と呼ぶあの有名な香りを空気中に漂わせるのである。

ペトリコールの甘い香りは水の存在を示している。そのため、僕たちはこの香りを感じ

＊1　古代ギリシャ語ではコリアンダーをkoriannonとする表現もあり、こちらについてはカメムシ（koris）と香草の一種アニスの実（annon）が語源という説もある。

とり、それを快く感じるように進化してきた。僕たちの祖先が水場にたどりつけたのは、そして今日でもラクダが遠くからオアシスを発見できるのは、この香りのおかげである。さらにゲオスミンは、自らを放出する細菌の存在を示すシグナルともなる。こうした細菌は多くの場合、病原性をもっている。そのため、口元に近づいたら警戒するのが賢明だ。そのため、人によっては、ゲオスミンの香りがあまりに強く感じられるものを嫌悪するという遺伝子の変異が起こった。なぜビーツの根にゲオスミンが含まれるのかは、まだわかっていない。だが、少なくとも次のことは言えるだろう。この物質のせいで、赤いチップが満場一致で食卓に歓迎されることはないのだ。

味わうことは、他の種《しゅ》と知り合うことである。ただし、そこにはリスクがともなう。種《しゅ》を超えた出会いにおいて、打ち解けるのは必ずしも容易ではなかった。

いまでも、野菜のキッシュを恐がる子どもがいる。５００年前、同じ野菜のキッシュを前にして、偉大な学者に至るまでの誰もが恐怖の叫びをあげた。

それはとてつもない恐怖で何百年も続いたのだが、いったい何をそんなに恐れていたのかというと……。トマトだ。トマトに対して、植物園のあのピスタチオの木が思わず吹き出してしまうような恐怖を抱いたのだ。

ピスタチオの木は、毎年、庭園で野菜を収穫する若い人を見ていた。子どもたちはいつも、自然の贈り物を収穫するという原始的な喜びに駆られて、果実やトチノミでポケットをいっぱいにする。だが「食用」とされている植物には要注意だ。大人たちも収穫に割りこんでくるからだ。ただでつまみ食いする楽しみは格別だろう。とくに、通りがかった管理人が見て見ぬふりをしてくれたときのように、「禁じられた味」というスパイスが加わればなおさらだ。実際、それはいいことでもある。「触るな」という張り紙をみんなが守っていたら花壇はずいぶんと暗い雰囲気になってしまうだろう。半ズボンの愉快な捕食者たちから守られてしまったら、植物だって退屈することだろう。

ピスタチオの木が若かった頃、まだ樹齢百年そこそこのとき、訪問者たちはいまよりもひどい、恐怖の存在だった。ブドウ、ローズマリー、ナスターチウム[*2]はすべて根こそぎにされていた。ただし、トマトだけは例外だった。

通行人はトマトの区画が目に入ると、怖がるように遠ざかった。茂みのなかでこっそり果実をかじるような悪人でさえ、この真っ赤な果実にちょっとでも触れると、その指を口

*2　ノウゼンハレン科のつる性植物。ヨーロッパでは新芽がサラダの具材になることがある。

に近づけないようにした。庭師たちもこの果実に触れないよう気をつけていた。そして、どんな無謀な人間をも思いとどまらせようと、こんな脅迫的な看板を立てたという。「観賞用植物。有毒。食用不可」

トマトに対するここまでの恐怖心は、数千万年も前の南アメリカに遡る。まだ人類が存在しておらず、それゆえに当然無人だったこの若い大陸で、巨大な植物の一族が形成された。ナス科だ。現代の食卓ではその仲間に毎日出会える。ジャガイモ、ピーマン、ナス、トマト……。しかし当時、ナス科はアメリカ大陸にしか存在しなかった。一説によれば、中新世の初めに海を越えてナス科の植物の種子を拡散させたのは鳥類だという。果実を食べて他の大陸に飛び立ったとき、鳥たちは、300年以上も続く恐怖の種《たね》をまくことになるとは思っていなかったにちがいない。

新しい土地でナス科は進化を遂げ、多様化していった。鳥たちがアジアに「植えた」種子からは、ナスやクコ[*3]が生まれた。一方、ヨーロッパに上陸した種子は食欲をあまりそそらない方向に変化を遂げた。魔女の踊りを思わせるような名をもち、猛毒の実をつけるベラドンナや、人間の子どもの形をした恐ろしい根をもつマンドレイクなどだ。

そのため、のちにヨーロッパで暮らす人々にとって、ナス科の植物は、当初は、皇帝の暗殺や魔法の薬の調合にうってつけの不吉な植物の仲間にすぎなかった。アラブの商人が中近東からナスを旧大陸《ヨーロッパ》に持ちこんだとき、中途半端な歓迎しかされなかったのもそのせいだ。巨大なベラドンナにも似たその果実は、とりわけ怪しげに思われた。そして、コンキスタドール*4によってアステカ帝国から盗まれたトマトがヨーロッパに上陸すると、今度はそのトマトがパニックを引き起こした。

大都市の学者たちはすぐに、トマトがあの恐ろしい魔術師たちの植物の仲間であることに気がついた。ナス科の植物である以上、トマトもまた毒をもつと考えられたのだ。誰も味わってみようとはしなかった。トマトの見た目もその十分な証拠とされ、トマトソースはヒ素よりも恐るべきものと思われた。魔術書には、これらの「有害なリンゴ」について、その「鼻をつく珍奇な」においについて、怯えたような筆致で書かれている。あらゆる植物学者がこの「悪魔の果実」を一度も食べてみたことがないにもかかわらず、悪者扱いしたのだ。唯一トマトに認められた美点は、色鮮やかな美しい果実で庭園を飾ることができるという装飾的な価値だった。

一方、さらに南の地中海沿岸では、農民はラテン語で書かれた学者たちの書物を読むことができなかった。農民たちはトマトがナス科に分類されることこそ知らなかったが、船

＊3　薬用植物として知られるナス科の植物。
＊4　16世紀に中南米を征服・探検・植民地経営などを行ったスペイン人たち。

乗りたちに、新世界の人々がこの果実に夢中だと聞かされていた。コルドバからパレルモを経由してニースにいたるまで、トマトはこっそり食されていたのだ。南仏の料理人たちも、都会では教養ある人々が恐れつつ遠ざけていたこの呪われた果実を、知られることなく食卓に取り入れていた。

トマトが偏見を振り払うことができたのは、こうした人々のおかげである。1792年、新たに誕生したフランス共和国を守るために、マルセイユの兵士の一団が、『ラ・マルセイエーズ』と名づけた新しい曲のリズムに合わせて首都パリに向かって行進した。祖国を離れた善きフォカイア人[*5]として、パリの駐屯地に到着した兵士たちはホームシックに襲われた。そこで、彼らはトマトを求めた。「触るな」という看板をまったく無視して、植物園のピスタチオの木のそばに押し寄せ、「装飾用」の数少ないトマトを摘んだ。こうして一つの世界が終わり、恐怖心もなくなった。フランス人はもはや何も恐れなくなった。専制君主も、トマトもだ。

1年後、王立植物園は国立自然史博物館附属植物園となり、トマトはついに装飾用植物の区画から食用植物の区画に移された。ピスタチオの木の枝の下で革命が起きたのだ。果実泥棒もまったく怖がらなくなった。このように、トマトは3世紀にわたって恐れられたのち、ヨーロッパを制覇し、わずか数十年のうちにフランス人にお気に入りの野菜となった。

フランス人はキッシュにトマトとナスとピーマンを入れる。ナス科の植物を3つ入れるなんて、数世紀前なら最悪の魔術を執りおこなったかどで火刑に処されたところだろう。

いにしえの学者たちにこのキッシュを前菜として出したら、皿を彩るためのレタスしか食べなかったにちがいない。レタスだけが無害な野菜に見えたはずだ。しかし、運命のいたずらか、レタスこそが真に魔女の植物なのである。古代から、シャーマンや魔法使いたちは野生のレタスの汁を蒸留して、「スリダース」と呼ばれる向精神薬を調合してきた。魔女集会《サバト》の際に飛んでいるような錯覚に陥ったのは、このエキスのせいだった。その後、レタスが栽培され、無害なサラダの外見になると、ヨーロッパ人の疑念も晴れ、そのきな臭い過去も忘れられた……。それでもなお、もっとも不吉な植物はレタスなのである。

嫌悪感を克服し、新しい食べ物を食べられるようにするた

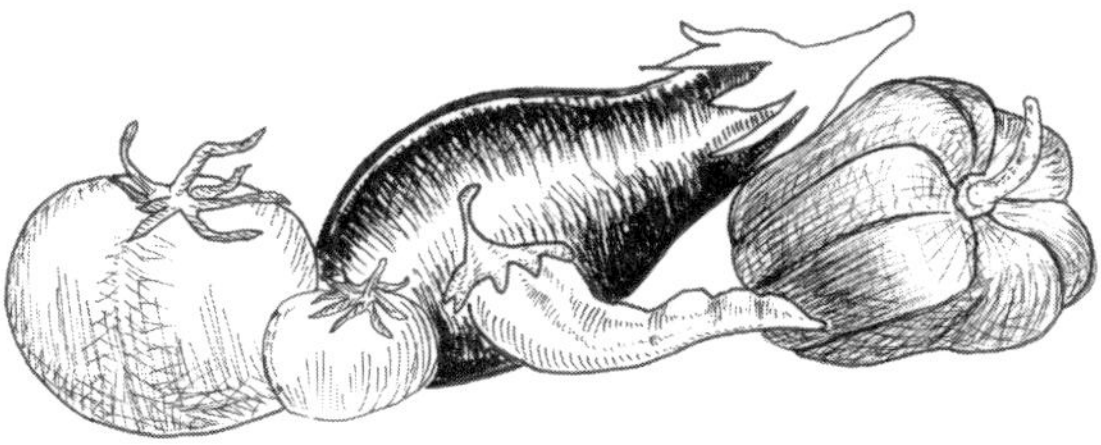

有名なナス科の植物たち

めに、人類はさまざまな策を講じてきた。「違うって、ほうれん草じゃないって。ただの緑色のピューレよ。ほら、食べてみて！」そう言って、新しい味に対する子どもの不安を取り除き、野菜好きにさせようとする親と同じだ。子どもによかれと思って、食べ物の正体を偽ったことのない親などいないだろう。そして、もし植物学者が僕たちに同じような嘘をつかなければ、今日の食卓はずいぶんと味気ないものになっていたはずだ。

子どもたちよりも行儀の悪いことに、ルネサンス初期の貴族たちは、緑黄色野菜を食べることをかたくなに拒んでいた。天から遠い地面に生えている食べ物は、必然的に卑しいものと思われたからだ。彼らが少しでも緑色の野菜を食べるようになったのは、もっとも狡猾《こうかつ》な女性君主、カトリーヌ・ドゥ・メディシス[*6]の策略のゆえだとも言われている。寡婦となった王妃は権力を手中に収め、テュイルリーに宮殿を建てさせた。そこに母国イタリアから取り寄せた最高級の野菜を植えさせた。フェンネル、ブロッコリー、アーティチョークなどだ。これらの野菜は、トゥッティ・フルッティ[*7]やヌガー、その他の新しいフィレンツェ風のデザートとともに供された。野菜とお菓子の組み合わせとは、なんとすばらしいアイデアなのだろう！　そのもくろみはすぐに成功し、野菜は高貴なものとして認められるようになった。

ジャガイモはヨーロッパ人にとって、さらに受け入れがたいものであった。土の中という、豚だけが鼻を近づけられるような呪われた場所で生まれるからというだけではない。ジャガイモはあの恐ろしいトマトと同じナス科でもあった。ジャガイモの茎にトマトの苗木を接ぎ木して、ジャガイモとトマトを同時に生み出す「ポマト」を生み出すことさえ可能なのだ。フランスの農学者、パルマンティエ[*8]は、昼間はルイ16世の兵士たちに厳重に畑を守らせることで、むしろその畑に興味をもったパリ市民が監視の解かれた夜にジャガイモを盗むように仕向けた。そうした宣伝が功を奏し、ジャガイモはフランスで寵愛を受けるようになっていく。一方で、ジャガイモがフランス料理の発展の恩恵に与《あずか》れるようになったのは、フランス人女性として初めてジャガイモの料理本を執筆したメリゴ夫人なる人物のおかげだ。メリゴ夫人の著作『共和国の料理人』では、5つの甘い料理を含む31種類の調理法が紹介されている。この本のおかげで、ジャガイモは革命のシンボルへと押し上げられた。

＊5　フォカイアはアナトリア半島西岸に位置した古代ギリシャの都市。フォカイア人が、のちのマルセイユとなる植民都市マッサリアを建設した。
＊6　カトリーヌ・ドゥ・メディシス（1519-1589年）、フランスの王妃。1533年にフランスの王、のちのアンリ2世と結婚。
＊7　刻んで砂糖漬けにした果物が入ったアイスクリーム。
＊8　アントワーヌ＝オギュスタン・パルマンティエ（1737-1813年）。

生産者の企みがなければ、キウイフルーツが食べられることはなかっただろう。僕らのピスタチオの木、植物園のピスタチオの木はキウイフルーツの到来をよく覚えている。というのも、１９１０年代にフランスで初めて、植物園のピスタチオの木のすぐそばの塀の上に生えたからだ。このつる植物は、アジア原産であったために「中国のスグリ」と呼ばれた。さらに、毎年冬になると、毛むくじゃらの恐ろしい見た目の果実をつけたが、その果実は「植物界のハツカネズミ」というあだ名をつけられた。とんでもなく向こうみずの庭師だけがときにこの果実をかじってみた。ネズミのような果実はどんなに恐れられたことだろう！　そしてその恐怖心は１９６０年代まで続くことになる。冷戦の最中だったために、「中国のスグリ」という呼び名も、ネズミを思わせる見た目とあわせて西洋の消費者から遠ざけられる理由となった。そこで、ニュージーランドの果物の生産者は、この「ネズミ」を国の象徴のような鳥「キウイ」に変えることを思いついた。新しい名前は成功を収め、世界じゅうの人々がキウイに殺到した。ときにはたった一つの言葉が、嫌いを好きに変えてしまう。

3

夏野菜のキッシュ

地球のすべての時代を通して、嫌いな食べ物がない人の代表を挙げるとしたらウィリアム・バックランド[*9]とメアリー・バックランド[*10]の夫妻だろう。ジュール・ヴェルヌの小説に登場しそうなこのイギリス人科学者夫妻は、厳格なる学者としての顔の裏に何にも屈することのない食欲を隠しもっていた。これまでに食べたことがないものを味わうこと、彼らはほぼいつも、そのことばかりを考えていた。ウィリアムは有名な科学者で、とりわけ1824年に恐竜の存在を報告したことで知られている。王立協会《ロイヤル・ソサエティー》[*11]にはびこっていた女性嫌悪にもかかわらず、メアリーもまた古生物学者として認められ、化石の分類についての先駆的な研究を行ったのち、海洋生物学に転じた。しかし、毎週金曜の夕方になると、バックランド夫妻は別のことで頭がいっぱいだった。いつもいつも、招待客に何を振る舞うかを考えていたのだ。

今回はなんの肉を料理しよう？　アナグマの赤ワイン煮込みか？　ネズミイルカのローストか？　ネズミのパン粉焼きか？　前回の晩餐会では、バルカン半島で評判のオオヤマネ[*12]のパテを振る舞い、招待客たちに馬鹿にされた。だが結局は、そのパテはおいしいと思

＊9　イギリスの地質学者、古生物学者（1784－1856年）。
＊10　イギリスの古生物学者、収集家（1797－1857年）。
＊11　英国最古の自然科学の学会。
＊12　ヤマネ科の動物。古代ローマで食用とされていたほか、現代でもスロヴェニアやクロアチアで食される。

われたようで、何人かはおかわりまでしたのをメアリーは目撃していた。しかし、毎回、料理の正体を明かすと、ほとんどの客がフォークを持つ手を止めてしまった。もっといいものを見つけなければ……。

16時になると、夫妻はマンモスの歯の化石を放置して、厨房に向かった。ウィリアムはさまざまな動物を切り分けては味付けし、野菜と動物の肉をなんとかおいしい料理に仕上げた。優れた科学者であるバックランド夫妻は、自然に対する好奇心を極限まで推し進め、なんでも解剖し、なんでも自分で味わってみなければ気がすまなかった。彼らの胃袋に限界はなかった。

白いテーブルクロスを敷き、ヘラジカの化石でできたシャンデリアを吊るし、魚竜の脊椎でできた燭台の灯《あか》りをつけて、バックランド家は友人たちを迎えた。有名な学者をはじめ、イギリス王室のメンバーまでもが、事前に素材の明かされることのない奇妙な料理を味わいにやってきた。誰もが不安な気持ちを抑えながらも好奇心をくすぐる料理を味わうために、招待されると必ず晩餐会に足を運んだ。バックランドにかかればまちがいなく見事なショーになるからだ。バックランド夫妻というすばらしい教育者にとって、料理をしてそれを食べることはその種《しゅ》をより知ることであるとともに、科学的探究を推し進めることでもあった。夫妻の語りという調味料によって、不安を抱かせるような肉がまったく別の味わいとなる。招待客たちはどんな経験ができるのかわくわくしながら家を出たものだった。

しかし、晩餐会が終わると、残り物を前にして、夫妻はいつも悲しい気持ちで物思いにふけった。晩餐会に次ぐ晩餐会を通じて、夫妻はイギリスにいる生き物をほとんど味わいつくしていた。ミヤマクロバエとモグラ以外は、どれも客観的に見ておいしかった。しかし、明らかなことが一つあった。誰も自宅でその料理を再現しようとはしないのだ。イギリス人がイギリス人であるかぎり、食卓にウマの舌やネズミのテリーヌの居場所はない。バックランド夫妻はそのことに失望した。というのも、バックランド夫妻の晩餐会には、動物学者の奇抜な好奇心を満足させるよりもはるかに崇高な別の目的があったからだ。二人の密かな望みは、飢餓を克服する方法を見つけることだった。18世紀には、パルマンティエらの植物学者が人類に新しい作物をもたらした。しかし、人々の胃袋を満たすには十分ではなかった。偉大なる慈善家のウィリアムとメアリーは、「定期的に肉を食べる」という不可欠な喜びを貧しい人々とも分かち合うことができる、そんな選ばれし動物を見つけることを自らの使命としていたのだ。だが、残念なことに嫌悪感という壁に直面してしまった。夫妻には無縁のこの呪わしい感覚が人道的な企ての障害となったのだ。

バックランド夫妻の料理に心から納得したのは、息子のフランクだけだった。フランクの名誉のために言っておくと、彼は生まれつきそういう環境に置かれていた。たとえば、食糧庫に隠された変わった動物や果物の正体を当てるたびに、両親から1ペニーをもらっていた。4歳で化石を見分けられるようになり、7歳のときには食べさせられた新しい料理について日記をつけていた。フランクにとって、カメのスープや、当時はとても珍しかったバナナのケーキほど魅力的なものは他になかった。幼いフランクは、両親の使命感に深く心を動かされた。両親を助けるためならなんでもした。そして遠くまで出歩けるようになると、近所で自然が手つかずになっている場所まで行っては学校の友達におやつとして出すための昆虫を集めた。

この本のメニューのなかだったら、フランク・バックランドはおそらく野菜のキッシュを注文しなかっただろう。きっとシャルキュトリー[*13]とチーズのプレートを好んだことだろう。それは、博物学的欲望を満たし、珍しい食材用の陳列室に昆虫を加えるためである。

*13 長期保存を目的に、主に豚肉からつくられるハムやサラミなどの食肉加工食品。

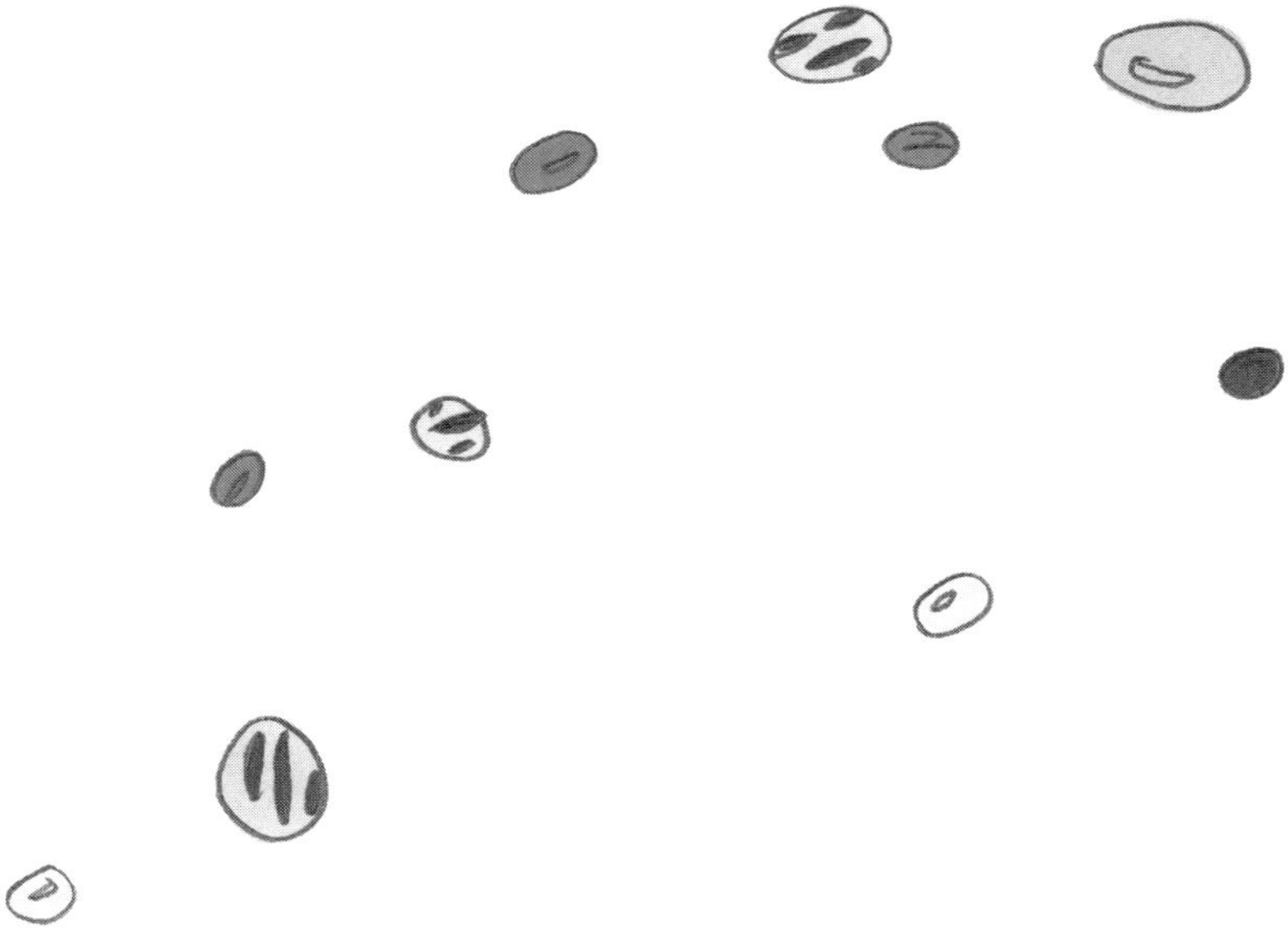

4

シェアするプレート

ミモレットの外皮が哲学者たちを惑わせる

ハエがチーズを発明する

インゲンマメの始まりを思い出す

4

シェアするプレート

バックランド夫妻のような風変わりなヴィクトリア朝時代の科学者でなくても、僕たちの食卓の上にも奇妙な生き物を見つけることはできる。先ほどの前菜のプレートをよく見てほしい。

チョリソーはポーカーフェイスだ。その赤い色は、詳しい人々のあいだではE120と呼ばれている色素、カーマインに由来する。この色素は、コチニールカイガラムシという体長数ミリメートルの昆虫から抽出される。センザンコウのミニチュアのような、トゲのついた衣を着た昆虫だ。古代から、つぶされて蒸留されることでサラミを赤く染めてきた。昆虫由来だからといって嫌わないでほしい。みんなが大好きなイチゴのキャンディーにも、なんとも魅力的な口紅にも、この色素が含まれているのだから。

虫が怖いからソーセージをやめてチーズにしようなどと考えるのはやめたほうがいい。ミモレット[*1]に独特な風味があるのは、毛むくじゃらだが食べてもまったく問題のないコナダニ類のおかげだ。ド・ゴール将軍[*2]お気に入りのこのチーズは、じつは虫の巣なのだ！

コナダニは肉眼ではほとんど見ることができない。顕微鏡が発明される以前は最小の生物と考えられていた。このダニは、チーズの熟成以上の高貴な役目も果たしてきた。哲学者にインスピレーションを与えたのだ。このとても小さな生き物の存在によって、すべては尺度の問題にすぎないことが示され、人間は身のほどをわきまえることになった。小さなコナダニにとって、円盤状のミモレットは一つの惑星だ。だとしたら人間もまた、無限の宇宙から見ると、ダニのようなものではないか？　この小さな生物のおかげで、モンテーニュ、パスカル、ディドロ、ヴォルテール、そしてヴィクトル・ユゴーは記憶に残る一節を残すことができ、人類には「謙虚たれ」というすばらしい教訓が残されたのである！　ヴォルテールはこう書いた。

自然という大きな機械がうまく動けば、そこに住んでいるダニなどはほとんど問題にならないのです。（高橋安光編訳『ヴォルテール書簡集　１７０４‐１７７８』法政大学出版局、２００８年）

ヴィクトル・ユゴーは詩に次のように書いている。

知るがいい、万物は自分の掟や、目的や、たどるべき道を心得ていることを、星から

虫けらにいたるまで、広大無辺な宇宙は、おたがいの言葉に耳を傾けていることを
（辻昶・稲垣直樹訳「静観詩集」『ヴィクトル・ユゴー文学館　第1巻　詩集』潮出版社、2000年）

4

シェアするプレート

ヴォルテールの視点に立てば、僕たち人間もみな虫けらのような存在であるが、若い頃のフランク・バックランドのような博物学者兼美食家の視点に立てば、前菜のプレートはまさにサファアリパークだった。というのも、ダニがいるのはミモレットだけではないからだ。カンタル[*3]、スイスチーズ、トム・ド・サヴォワ[*4]、トム・ド・ブルターニュなどなど、特産チーズはどれもダニを含んでいる。さまざまな形、さまざまな外見のダニだ。そうしたダニはチーズをすみかとし、外皮に穴をあけ、生地に呼吸させ、自分が通る通路をつくろうと努力する。つまり、チーズに世界を構築しようとする。それは、何世代にもわたってピラミッドを建設するような壮大な努力だが、人間が数口食べて感じられるのはクルミ

＊1　フランス北部原産のオレンジ色のチーズ。
＊2　シャルル・アンドレ・ジョゼフ・マリー・ド・ゴール（1890－1970年）、フランスの軍人・政治家。1959年に第五共和政の初代大統領に就任した。
＊3　フランス中南部オーベルニュ原産のチーズ。
＊4　フランス南東部サヴォワ地方原産のチーズ。

とレモンのほのかな香りだけだ。

はたしておいしいのか、まずいのか？　それは好みの問題なので議論できないように思われる。でも、チーズが大好きなら、ダニのことは脇においても虫を好きにならざるをえないだろう。というのも、どんなチーズも、ある昆虫のおかげだからだ。ミニ・ベビーベル[*5]からマロワール[*6]まで、1匹のしがないハエが僕たちのチーズを一挙に発明したのだ。

およそ5500年前のこと。場所は正確にはわかっていないが、それは、中東のどこかの国で、牛乳の入ったバケツの中における出来事だった。

チーズを発明したハエは、本当は何も発明なんかしたくなかっただろう。キッチンでぶんぶん言っているだけのただのショウジョウバエにすぎなかったこのハエは、その日バケツの縁に止まったときにも、おいしい食事にありつくこと以外は何も考えていなかったにちがいない。この種《しゅ》に特有の礼儀正しいやりかたで、そのハエは食事の前に長時間、足をこすり合わせた。ハエがなぜ食べ物を前にして必ず足をこすり合わせるかはわからないが、少なくともこの仕草は食欲旺盛だという印象を与える。

そのハエにとって不運だったのは、食事を終わらせられなかったことだ。ミルクの中に落ちて溺れてしまったのだ。このハエの犠牲が、多くの人に愛されつづけ、さらに多くのハエにも愛されてきたチーズを生み出した。聖書にでも出てきそうな話だが、科学によってそれは実際に起こった事実であると証明されている。

ハエに乗って旅していたのは酵母菌で、クルイウエロミセス・ラクティス（*Kluyveromyces lactis*）——変わった名前だが、誰も自分の名を選ぶことはできない——という微生物だった。この微生物は昔からショウジョウバエと共生していた。人類と出会い、私たちの食卓でごちそうを食べる「イエバエ」になる以前、ショウジョウバエはアフリカ南部の森林でマンゴーに似たマルラという果実を食べていた。マルラが地面に落ちると、酵母菌クルイウエロミセス・ラクティスがすみつき、マルラを発酵させる。するとマルラは甘くなり、ほのかにアルコールを含むようになる。マルラはハエにとってはごちそうだ。というのも、ハエは病気と闘うためにたえずエタノールを摂取する、いわば羽の生えた酔っぱらいである。マルラで酔っぱらうことで、ショウジョウバエは酵母菌も吸収する。そして、ぶんぶんうなる大きな宇宙船のような自分の体の中に酵母菌をすまわせる。その

＊5　フランスで人気の小分け包装されたチーズ。
＊6　フランス北部ティエラッシュ地方原産の風味が強いチーズ。

後、ハエは人間と知り合った。人間が棚に置きっぱなしにしたことで発酵した果物を端から味わい、そこにふんだんに含まれているアルコールを楽しんだ。そして少しずつ、まるで酒飲みがバーの常連になるかのように、酵母菌を懐に携えたまま人々の家にすみついたのだ。

ショウジョウバエがバケツに落ちる以前、チーズは存在しなかった。人間がどんなにミルクをかきまぜても、貧相なヨーグルトか、せいぜい腐って酸っぱくなったミルクしか手に入れられなかった。ヨーグルトマシンをセールで買ったばかりでまだ使い方がわからない素人がつくったヨーグルトみたいなものだ。要するに、まずかったのだ。

ハエが溺れると、ハエの体内にすんでいたクルイウエロミセス・ラクティスはハエの体という船から離れた。その結果、酵母菌は過酷な環境に投げ出された。バケツの中には食べられるものはない。果実に含まれる糖分に慣れていた彼らは、ミルクに含まれる糖分である乳糖を分解することができなかった。だが、幸いにもそこで思いがけない出会いがあった。バケツの中には乳糖を分解する別の酵母菌、クルイウエロミセス・マルキシアヌス（*Kluyveromyces marxianus*）がすんでいたのだ。これは、人間の味覚が受けつけなくなった、発酵したミルクをも消化できる酵母菌だ。クルイウエロミセス・ラクティスは、あっという間にクルイウエロミセス・マルキシアヌスの魅力の虜になったようだ。この2つの酵母菌のあいだで何が起こったかは秘密ということにしておくが、その愛の営みの結

4

シェアするプレート

果、乳糖を分解できるだけでなく、そこにおいしい風味を加えることのできる、かわいい子どもたちが誕生した。両親から最高の遺伝子を受け継いだ酵母菌だ。

バケツの持ち主は、バケツの中に浮いていたハエの死骸に気づくと悪態をついたにちがいない。にもかかわらず、幸いなことに、無謀な誰かがバケツの中に指を入れ……そのおいしさに気づいたのだ。酵母菌のこの新しい株を保存し、ミルクを絶えまなく注ぎ足し、レシピを何度も繰り返したくなるほどのおいしさだった。

人類は、もっとも適した血統を選別しながら動物を飼いならすのと同じ要領で、酵母菌も飼いならした。自分たちが酵母菌を育てているとは知らずに……。というのも、酵母菌の存在が発見されたのは何千年もあとのことだからだ。ところが、完全に経験にもとづく方法によって、まるで手品のようにあらゆるチーズのもととなるクルイウェロミセスの雑種を飼いならしたのだ。

今日、僕らがこの歴史をたどることができるのは、マルラやショウジョウバエやチーズに見られる酵母菌のさまざまな株の遺伝子にこの歴史が刻まれているからだ。遺伝学者たちはクルイウェロミセスの系統樹を再構築することで、交雑が起こった時期をかなり正確に推定した。それによると、ハエがバケツに落ちた後、酵母菌は370万世代も続いていることになる。それはおよそ5500年前に相当し、チーズについての考古学的な最古の痕跡が見られる時期と一致する。

お皿からハエを追い払うのは当たり前の反射運動であり、食事の真っ最中に僕らのお椀の中でハエがバタフライで泳ぎはじめたらとんでもない迷惑である。しかし、もし5500年前に1匹のハエがバケツの中に落ちることがなかったら、サン・ネクテール、エポワス、ポン・レヴェック、ロカマドゥール[*7]といった言葉は、ただの地名で終わっていたことだろう。

毎食毎食昆虫に感謝しても、感謝しすぎるということはない。昆虫の贈り物はチーズだけではない。昆虫なしでは、口に入れるものはほとんど何も存在しなかっただろう。被子植物の9割にとって、昆虫は不可欠である。羽の生えた愛のメッセンジャーが受粉を保証してくれるからだ。サクランボやトマトなどの果実は、昆虫のおかげで存在している。

被子植物と昆虫は共生しながら同時に進化し互いに適応し合うことで、信じられないほどの多様性をつくりあげてきた。フランス本土だけでもハナバチが1000種もいて、世界に目を向ければ、受粉を媒介するハエが14万種、チョウとガを合わせて25万種も存在し、さらにそれ以上の種類の甲虫がいる。これらの昆虫は身を粉にして植物を助ける。ミツバチ1匹が1日のあいだに訪れる花の数は700にのぼることもあるという。

さらに先を行く昆虫もいる。特定の種《しゅ》の花の受粉に特化し、ときには自分の命までをも犠牲にするという、お気に入りの植物とのあいだに奇想天外な同盟を結んだ昆虫だ。シェイクスピアやラシーヌの作品は感動的かもしれないが、前菜のプレートにのせられたイチジクの数片が僕たちのために書いてくれた悲劇を前にしたら、文学の巨匠たちによる悲劇ですら取るに足りないお涙頂戴劇に見えてしまうかもしれない。

生《なま》で食べてもチャツネにしても、イチジクの甘みとうま味は、ヒツジ由来のトムチーズやカモのパテとよく合う。しかし、この甘くて心地よい果実は、恐ろしいドラマと強い友情の産物なのである。

舞台はイチジクの並木道。イチジクの花は奇妙な形をしていて、雄しべと雌しべが閉じた袋の内側に並んでいる。一見実に見えるイチジクは花の容器（花托）であり、花はその内側にある。この逆さまになった花を受粉させるには、軍隊の障害物通過訓練のように、イチジクの下のほうにあるオスティオールと呼ばれる小さな穴を通らなければならない。

＊7　いずれもチーズの名前に冠された地名。

それができる昆虫は、イチジクコバチという体長1ミリにも満たないスズメバチの仲間だけだ。だが、それは命がけでもある。

ピスタチオのように雌雄異株のイチジクの場合、雄花と雌花は同じ木には咲かない。イチジクの雄花をもつのはカプリ種《しゅ》のイチジクの木のみである。この種《しゅ》のイチジクは、低い塀に沿って自由に生える野生のイチジクだ。雌花は、あの僕らの植物園にあったのと同じ系統のイチジクの木に咲く。

イチジクコバチはイチジクの雄花の中で生まれ育ち、そこでかくまわれながら交尾をする。その後、雌がそこから出て別の場所に卵を産めるように雄はトンネルを掘る。この献身的な父親の努力が日の目を見ることはない。そして文字通り、父親が日の光

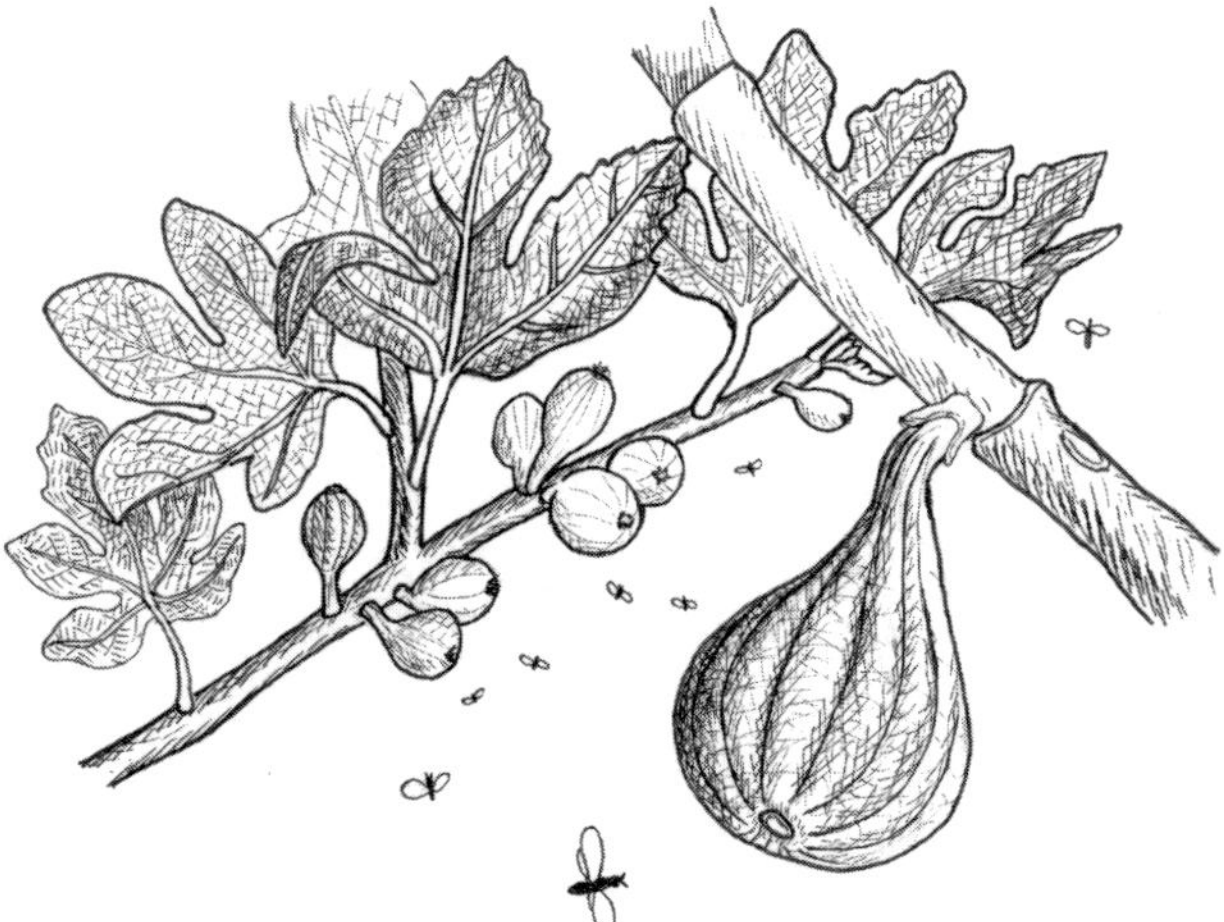

イチジクの木とイチジクコバチ

4

シェアするプレート

を浴びることはない。外に出る前に疲労困憊して死んでしまうからだ。しかし、雄が掘ったトンネルのおかげで雌は逃げ出すことができ、花粉にまみれて別のイチジクの木を探しに飛び立つことができる。

残念なことに、雌は新しいイチジクのところまで来ると、その中に入るためにオスティオールを通らなければならない。この穴は非常に狭く、イチジクコバチのような大きさであっても、通り抜けるために羽と触角を犠牲にせざるをえない。そして雌のほうにも呪われた運命が待っている。中に入れば卵を産むが、その後は飛べなくなり、方向感覚も失われ、外に出られなくなるからだ。

イチジクコバチの不幸はそれだけでは十分ではないとばかりに、最終幕にはさらに悲惨な結末が待っている。イチジクコバチは、イチジクの中に入るまで、自分がいまいるのは雄花なのか雌花なのかまったくわからない。においが同じだけでなく、区別できないくらい見た目も似ているからだ。雄花に入ることができれば、任務完了。卵は孵化することができ、子孫へと命をつなぐことができる。しかし、雌花だったらさらなる悲劇だ。イチジクコバチも卵たちも、フィシンと呼ばれるタンパク質分解酵素によって跡形もなく消化されてしまうのである。つまり、イチジクコバチは子孫残しに失敗したことになる。だが、その犠牲は無駄にはならない。雄花から雌花へとイチジクの花粉を運ぶことで、盟友であるイチジクの繁殖を可能にしたからだ。これは、イチジクコバチ自身にとっても必要なことだ。イチジクコバチの雌を飲みこんだ花の中では、ハチの体のタンパク質を栄養源にして数多くの種子が生み出される。その種子が今度は木となり、実をつけ、そこにイチジクコバチをすまわせる。あるいは、僕たちの前菜になってくれるのだ。

生《なま》のイチジクを食べ過ぎないようにしよう。適量を1個でも超えると軽い渋味を感じるからだ。そうなるとやめどきだ。「止まれ」の合図である。これは、イチジクが僕たち哺乳類による補食を制限するために用意した味覚の効果といえるだろう。一方、イチジクの木としても、哺乳類が果実を食べることをいっさいやめてしまったら困ってしまう。むしろ、哺乳類が食べれば食べるほど種《たね》はばらまかれる。しかし、イチジクが望むのは、哺乳類の多くがほどほどの量を食べてくれることだ。そうすればそれを食べた哺乳類が種《たね》をさまざまなところに運んでくれるからだ。イチジクは公正さを気にかけ、種子を分かち合う。そうやって同じ場所に偏ることなく、あちこちにイチジクの木が育つ可能性が生まれる。

このように昆虫は僕らのたくさんの食事の源にいるにもかかわらず、僕たち人間は昆虫に悲しい運命を課している。この30年足らずのあいだに、フランスの田園地帯に生息する昆虫の総量は80パーセントも減少した。しかも、それが農作物を守ろうとする人間のせいというのは皮肉なものだ。昆虫たちは、僕らから奪う以上に多くの植物を与えてくれる存在なのだから。

実態がよくわからない数々の委員会、ロビー団体、行政機関などが、いまだに大量の農薬の使用を野放しにしている。農薬は、短期的に見れば単作農業[*8]の生産性を向上させるかもしれないが、長期的には生態系の食物連鎖全体を脅かす。

最後にコガネムシを見たのはいつだろう？　その昔、コガネムシはあまりにたくさんいて、そこから抽出した油を機械の潤滑油にしたほどだ。いまでは、夏の夜に電灯にぶつかるコガネムシを見ることはめったになくなった。

たしかに、昆虫がもたらす被害をある程度抑えることは不可欠だ。だが、昆虫は、すべての鎖の輪が重要である生態系の一部をなしている。誰かにとって有害な存在でも、別の誰かにとっては必要なのである。

昆虫は僕らの料理をつくってくれるだけではない。自らの回顧録を書く術もまた知っている。おそろしい害虫が人間に貴重な歴史の教訓を与え、考古学者たちが長いあいだ忘れていたことを思い出させてくれた。

インゲンマメの原産地はアメリカ大陸だ。初めて栽培したのはメキシコ人とペルー人といわれている。大航海時代、ジェノヴァの航海士が最初の種子をヨーロッパに持ち帰り、ローマ教皇クレメンス7世（1478‐1534年）も栽培を始めた。

その後、1533年のある結婚式の食卓でインゲンマメを振る舞ったカトリーヌ・ドゥ・メディシスのおかげでフランスにも広まった。結婚式はローマ教皇が手配し、ドラジエ[*9]の代わりにバチカン産のインゲンマメが使われたのだ。わずか14歳の若きイタリア王女は、自分がヨーロッパでもっとも影響力のある人物になろうとしているなどとは思ってもみなかっただろう。インゲンマメのほうも、ヨーロッパ大陸全体のガルビュール[*10]やカスレ[*11]で大きな顔をすることになるとは想像していなかったにちがいない。

新郎新婦が口に入れたとき、新大陸から来たインゲンマメの料理は異国情緒の極致のように思われた。しかし、「よその味」と思われた食べ物も、食べる人が増えればいつのまにかそうでなくなるものだ。インゲンマメも人気が高まるにつれて、外国の珍品から地元の特産品へと変わっていく。ヨーロッパで昔から知られていたエンドウマメやソラマメに似ているだけに、台所でもよく使われるようになった。そして、白インゲン、赤インゲン、緑インゲン、サヤインゲン、フラジョレット[*12]など、地方によってさまざまな種類が栽培されるようにもなった。

インゲンマメはありふれた食材となり、しだいにその起源も忘れられていった。19世紀半ばには、ヨーロッパ大陸以外の別のところから来たなどと考える人がいなくなるほど地元の野菜になったのだ。わずか数人の識者だけがカトリーヌ・ドゥ・メディシスがフランスに来たときにインゲンマメを持ってきたのだと覚えていた。そのおかげで、インゲンマメの産地は彼女の祖国イタリアだと思いこんでいた。そうやってこの植物の歴史は女王の歴史よりも早く忘れ去られた。

20世紀の初頭には、インゲンマメの起源を知る人はいなくなっていた。そんなとき、斑点のある丸くて小さい甲虫、ゾウムシが忘却された歴史を救い出そうと決意した。

昆虫学者ジャン＝アンリ・ファーブル[*13]はこの昆虫を研究していたとき、驚くべきことに気がついた。農作物を食い荒らす害虫であるゾウムシは、ソラマメを存分に食い散らかす

＊8　田畑で年に一種類だけの作物をつくる農業のこと。
＊9　アーモンドに糖衣をかけたお菓子。
＊10　ピレネー山脈のベアルン地方の白インゲンマメのスープ。
＊11　肉が入った白インゲンマメのスープ。
＊12　小粒の白インゲンマメの一種。
＊13　フランスの昆虫学者（1823－1915年）。「昆虫記」で有名。

のにインゲンマメには手をつけない。まるで、インゲンマメはまったく異質なものであるかのように。アメリカ大陸から偶然持ちこまれた別の種《しゅ》のゾウムシが、ソラマメには目もくれずインゲンマメに食いついたとき、ファーブルは気がついた。この虫と同様に、インゲンマメもアメリカから来たのだということに。ヨーロッパでもアメリカ大陸でも、ゾウムシは故郷の植物しか食べない。僕たち人間の好みは、食文化や栽培者たちの変化とともに移り変わる。ゾウムシの好みとは違って、出身地によって好みが決まるわけではない！人間はインゲンマメの起源を忘れるが、昆虫はけっして忘れないのだ。

ずっとあとになって、新聞の古いインタビュー記事を読んだファーブルは、高踏派の詩人ホセ＝マリア・デ・エレディア[14]もインゲンの謎を解いていたことに気づいた。ただし、科学によってではなく文学によってだ。インゲンマメ《アリコ》という言葉の響きは、文学者たちを魅了した。そして、これほど美しい言葉がどこから来たのかわからないことが、エレディアをいらだたせた。そこで彼は、語源の調査に着手した。時間をかけた調査の結果、エレディアはコンキスタドールの古い手稿を見つける。そこには、アステカ人が地元の「ソラマメ」の一種を「アヤコ（*ayacot*）」と呼んでいたことが記されていた！　ついに名前の由来がわかった。エレディアは、この発見が自分の一番の誇りだと言っていたという。

物語と同じように、パンにのせるスプレッドやチーズは分かち合うためにある。しかし、ダニや昆虫ではなく人間と分け合う場合には、最後の切れ端を横取りする無礼者にならないために、残りを半分、半分、また半分と分けなければならない気分にさせられる。そしていま、チーズをようやく小さく小さく切り分けたというのに、チーズと一緒に食べるものが何も残っていない……。パンの追加を頼もう。

＊14 キューバ出身のフランスの詩人（1842-1905年）。

5

パンかご

草がサルを手なずける

黒いパンが白いパンをうまくだます

フランク・バックランドに仲間《コパン》ができる

5

パンかご

テーブルの下で、犬のレオがおとなしく食事している人たちを観察している。レオはお腹が空いているが、誰も気づかってくれない。だからレオは辛抱強く見つめている。

ウエイターがパンを持ってくると、レオはいつも気になってしまう。この食べ物に対して、人間たちが奇妙な行動をとるからだ。理解しがたい恐怖にとらわれているかのように毎回同じ儀式が行われるのだ。パンは特別な容器で運ばれてくる。レオが中で丸くなるバスケットに似ているが、それより少し小さい心地よさそうなかごだ。食べ物のなかで唯一パンだけは、容器から出したらすぐにテーブルの上にじかに置くことができる。裏返しに置いたり、右手側に置いたり、さらに悪いことにフォークでつつくような人には、災いが降りかかるといわれている。パンは必ず、手でつかまなければいけない。

パンに対するこうした「気づかい」を見ていると、レオは楽しくなってくる。パンを前にすると、主人たちは「お手」をしておとなしくなるからだ。篤《あつ》い信仰心で聖なるパンを分かち合うために、わざわざ毎週日曜日に集まる人たちもいる。まるで、パンが主人たちの主人であるかのように。

レオの言うとおりだ。パンは人類を飼いならしてきた。

2万年前まで、小麦は道端に生えている粗末な野草にすぎなかった。ある日、小麦は、西アジアのメソポタミア地方を流れるユーフラテス川流域のサバンナをさまよっていた扁平足のサルに出会った。サルはおとなしく、丈夫だし、何より簡単に繁殖する。つまり、家畜としてちょうどいい。そこで小麦は、サルをおだてることにした。

まだ「ホモ・サピエンス」と自称もしていなかったこの霊長類は、小麦の粒が大好きだった。だから、サルのほうからも小麦に近づいた。サルは賢いことに一度に全部食べてしまわずに、一部を蒔けば、翌年また新しい穂が生えることに気がついた。野草だった小麦は、まさにそれを待ち望んでいた。小麦にとってはしめたものだった。霊長類が小麦の魅力に屈したのだ。

小麦は徐々に進化し、人間にも収穫しやすくなった。捕食されないようできるだけ早く穀粒を地面に落とそうとする遺伝子を厄介払いすることで、野草としての習慣を捨てたのだ。逆に、穀粒が穂にしっかりとついたままになるようにした。人間の手によってひと粒の無駄もなく収穫されるためだ。作戦は成功した。小麦が人間に適応すればするほど、人間は小麦を消費し、あちこちに蒔くようになったからだ。

小麦は世代を重ねるごとに、お気に入りの個体を選んでいった。小麦の世話をよくして

5

パンかご

くれる人にはたくさん摘めるようにして、生きのびるチャンスを高めてあげた。やがて、その地域の人々は土を耕し、畑に灌漑《かんがい》し、穀物を貯蔵するための道具の生産に生活の大半を費やすようになる。人々はそれを「労働」と呼んだ。小麦は人間のエネルギーを独占する代わりに、お返しにカロリーという形でパンひとくち分ぐらいのささやかな還元をした。狩猟採集時代には、人々は週に15時間程度しか食べ物の心配をしていなかったが、小麦によって人々が育てられ、さらに小麦に選別されるようになると、その2倍から3倍の時間を費やして食べ物のことを考えるようになった。労働が人間たちの主要な活動となったのだ。その代わりに小麦は人間により多くの穀物を与え、それを保存するための機会を与えた。こうして、人間はつねに、いまよりもっと貯蔵できるのではないかと期待するようになっていく。人間は、そうやって貯蔵したものを「財産」と呼んだ。またたくまに小麦が先頭に立って人類を教育していったのだ。穀物を交換したり、収穫物を奪うために戦争をしたり、穂を実らせる土地を耕すために川や動物を手なずけたりできる複雑な組織をつくりだせるように。それは、もっぱら小麦を周囲へと広げるためであり、そうしてできた組織は「会社」と名づけられた。小麦がその経営者であるといえる会社である。

進化は続いた。小麦は、人間が種子を数え、畑を耕すことができる知識を伝えられるようにと、辛抱強く人間に読み書きを教えた。なかには進化論を展開し、人間が小麦を飼いならしたとか、人間が最良のパンを食べるという目的のもとに植物をつくりあげて選別したなどと主張する書物を著す人間まで出現した。

小麦が人間にそんな甘い幻想を抱かせたのである。自分たちの知性が優れていると確信した人間は、地球上のさらに広い範囲に小麦を広めるため、ますます懸命に働くようになった。おかげで、いまでは毎年5億トンを超える量の小麦が収穫されている。

実際のところ、小麦と人間のどちらが最初の一歩を踏み出したのかは誰にもわからない。この2つの種《しゅ》はともに進化し、手を取り合って進化の道を一緒にたどってきた。そのおかげで両者ともどんどん進歩していった。もはやお互いなしではやっていけないほどに。

小麦との出会いとは無関係に、地球上の少なくとも8つの地域で人類は他の野草と出会い、緊密な関係を築いてきた。そして、それぞれの植物とのつながりが文明を生み出した。たとえば1万年近く前、人間と米の切っても切り離せない結びつきが中国南部を中心に東アジア・東南アジアの各地に広がった。同じ頃、メキシコではマヤ文明とトウモロコシの結びつきが巨大な帝国を生み出した。しかし、人類は他の植物と、もっと慎ましく関係を築いていった。根に強い毒性があるキャッサバとの関係がその一例だ。この植物と手を組み、毒素を取り除く方法を開発したアマゾンの住民は、節度をもってキャッサバと調和的に生きていく術を学んだ。キャッサバは季節を問わず食べられるので備蓄する必要はなく、ただそのままにしておけばいい。また、地下で成長するので、税金を課すためにその量を見積もることができない。したがって、キャッサバを主食として文明を築いてきた人々は、数千年にわたって国家という概念、さらに多くの場合、財産という概念すらなかった。それは数千年も続いた。植物とのそれぞれの付き合い方が、人間の生き方を形づくってきたのだ。

客はみな、かごの中のパンをむしゃむしゃと食べている。レオは気づいた。たいていは、同じ種類のパンが最後に残る。黒っぽくぽろぽろとしたパンは、ほかのパンに比べて人気がない。全粒粉のパンを選ぶのは、バイキングの戦士の出自であるとか、フィットネス・インフルエンサーとしての隠された顔をもっているとか、あまり大声では言えないような秘密をもっていないかぎり、難しいことだ。ライ麦の粉でつくられるこのパンは目立たず、そんなに価値を認められていないのに、なぜかいつもパンかごのなかにいる。

ライ麦は内気である。だからといって、見くびってはいけない。その慎ましさは巧妙な戦略にほかならない。ライ麦はパンかごの中ではいつだって招かれざる客なのだ。そして、ライ麦が出現し、地球を制覇してきたのも招かれざる客としてだった。

小麦が栽培されはじめた当初、ライ麦は「雑草」だった。誰にも招かれていないのに収穫物のなかで大きな顔をしている伸び放題の草。ひとりでに種子が落ちてしまう小さな穂は人間の気を引くものではなかった。しかし、小麦を収穫するとき、人間はいつだってうっかりライ麦の茎を数本摘んでしまう。そこで、穀物から小さくて苦いライ麦の粒を取り除くために、ふるいにかけて選別しようとした。だがそれでも、大きめのライ麦の粒が人間の目をかいくぐった。小麦とまちがえられて穀物倉に入れられてしまうのだ。紛れこんだライ麦は、翌年、小麦の種蒔きの際にまた植えられた。こうして芽を出したライ麦は、今度は大きな粒を実らせ、次の収穫の際に小麦に紛れこむ確率をさらに高めていった。

ライ麦は進化し、人間に知らず知らずのうちに選別させることで、小麦にますます似ていった。この選別によって穂はだんだんと大きくなり、やがて人間に確実に摘みとられるのだから、穀粒は苦労して穂から落ちなくてよくなった。ライ麦はうまく飼いならされたのだ。すると、ライ麦はおいしくて寒さにも強いと気がつく人間も出てきた。こうして、ライ麦自体の栽培が始まった。北欧では、ライ麦が小麦から覇権を奪ったほどだ。

今日、ライ麦は南極大陸を除くすべての大陸で栽培されているが、野草であったというそのルーツを忘れることはない。1980年代後半に米国でライ麦が廃《すた》れ、生産をやめる

5
パンかご

人が出てくると、ライ麦は再び小麦畑に密かに身を隠すようになった。3000年前と同じように、脆《もろ》い穀粒をつけるだけの小さな穂に戻り、再び人間の手を借りずに自ら種《たね》を落とすようになったのだ。ライ麦は、栽培されるに至った進化の過程を逆転させ、いにしえの遺伝子を再び活性化させた。進化の流れを逆にたどり、再び雑草となった。人間が好むと好まざるとにかかわらず、この狡猾な植物はつねに自分の居場所を確保できる。

小麦畑という特別な草地の真ん中で、多くの植物が人間とともに進化し、収穫のたびに自らを進化させてきた。好き嫌いの分かれる朝食用のシリアル、そう、オートミールの原料であるエンバク（オーツ麦）もライ麦と同じ歴史をたどってきた。そしてエンバクもまた、小麦の穂に似た姿で勝手に生えてくる、好ましくない雑草だった。ヒナゲシやヤグルマギクといった花々も収穫とともに成長することを学んだ。小麦を中心にして、人間をはじめとする多くの生物が進化の旅の先を共有する「共進化現象」が起こったのだ。

パンをひとくちかじれば、こうした共有の歴史を味わうことができる。

パンを食べると、さまざまな風味やさまざまな食感を楽しめる。焼かれたパンの皮の塩味のある歯ごたえから始まり、それは、ほのかな酸味をもつ中身の弾力性に引き継がれる。最後に甘さが訪れる。甘さがやってくるのは、よくかんだパンのひと切れを飲みこもうとする瞬間だ。甘さが最後の最後に感じられるというのは、欲求不満になるかもしれないが、遅ればせながらとはいえ、この心地よい甘みは小麦と人間のあいだの長い歴史の直接の帰結といえるだろう。

人間は唾液中の、アミラーゼという酵素によってパンに含まれるでんぷんを分解して糖に変えることで消化する。小麦の栽培が始まってからというもの、人間は、アミラーゼの生成にかかわる遺伝子のコピーを増やすことで、アミラーゼの分泌を最大化し、穀物中のでんぷんをいっそう分解できるようにした。そのため、僕たちは口内ではでんぷんをさらに速く分解できるようになり、パンの味をますます甘く感じるようになっていった。小麦の側から見れば、これは成功だ。小麦が、よりよく消化できる人間を選別することで人間の味覚を変えさせることまでしたのだから。小麦の覇権に奉仕すればするほどパンの甘味は増幅され拡散され、ひとくち食べるごとに、人間と小麦の運命がどれほど絡み合ったものかを思い出させてくれる。

人間が自分たちだけで生きているわけではないことを示す、運命の交錯だ。

犬のレオはいま、パンをかじる客たちを見ている。相変わらずおこぼれを頂戴できるわ

5

パンかご

けではないが、その光景にレオはますます興味をそそられる。人間の礼儀正しさへの努力を嘲笑《あざわら》うには、ちょっとしたあるものに注目するだけで十分だ。それはパン屑。パン屑はどこにでも侵入する。テーブルクロス、ナプキン、膝の上……。気をつければつけるほど、パン屑は増えていく。

近くの茂みにとまっていたスズメたちにとって、これ以上のものはない。1羽が小さな鳴き声をあげて知らせると、騒がしいスズメの群れがテーブルの下に群がってくる。

スズメたちは、人間にとってもっとも古くからの食事仲間だ。人間が小麦とかかわりはじめた頃から、スズメは人間のおこぼれをごちそうとしてきた。小麦は、人間だけでなくスズメをも自在に操ってきた。1万年にわたる共同生活のなかで小麦はイエスズメに対して、穀粒を割らせるための太いくちばし、小麦畑の近くに定住する生活様式、そして穀粒が地面に落ちるとすぐに連帯して仲間のスズメに知らせるといった社会組織を与えた。小麦との契約の証として、スズメはアミラーゼ遺伝子をコピーすることで人間と同じようにでんぷんを消化する能力を発達させてきた。人間と同じように、スズメも小麦に甘味を感じることから、スズメの伝説的ともいえる食欲がもたらされたのだろう。

つましいスズメたちが小麦からこんな贈り物を授かったのは、この控えめな生き物たちが単なる「たかり屋」ではないからだ。スズメは、スズメなりのやり方で食事の恩に報いる。というのも、スズメの成鳥は小麦の粒を好むが、若鳥は害虫を食べる。畑から害虫を一掃してくれるのだ。

1950年代の中国では、そのことをよく知らなかった毛沢東が全国的なスズメ駆除キャンペーンを命じた。人民の穀物の略奪者だと非難するプロパガンダによって、何百万羽ものスズメが殺されたのだ。スズメがいなくなるとすぐにイナゴが大繁殖し、農業に大打撃を与えた。パニックに陥った独裁者は方向転換を余儀なくされ、再びスズメが増えることを期待してロシアから数十万羽のスズメを輸入したという。しかし、手遅れだった。この大惨事は、他の悲惨な農業政策と相まってひどい飢饉を引き起こした。

レオは静かに小鳥たちにしのびよる。椅子の脚の陰にうずくまり、その瞬間を待っている。突然、レオが飛び出した。そして、口を開けて獲物を荒々しく捕らえた。地面に落ちたパンのかけらという獲物だ。

捕食者のレオはスズメよりもパンのほうが好きなので、スズメは恐れることなくぴょんぴょんと飛び跳ねている！

純粋な肉食動物であり、ヘラジカを狩るオオカミの子孫であることが誇りのレオが、なぜパンのような植物性食品をも好むようになったのか？　それは、イヌも小麦によって進化したからである。僕たちのテーブルの下に座ることで、レオはトーストと丸いパンが好きになった。飼いイヌのゲノムには、人間やスズメと同じように、アミラーゼ遺伝子の増殖という現象が見られる。ヒト、イヌ、スズメという3つの種《しゅ》は、互いにどんなに違っていても、パンの皮をカリカリとかじるように収斂《しゅうれん》進化*1したのだ。パンかごの中で、進化の冒険が僕たちと四足歩行の親友とスズメとを結びつけている。

人間の最良の友はイヌだろうか？　おそらくこの意見には賛成できないのではないだろうか。バゲットの端っこを「キニョン」と呼ぶのか「クルトン」と呼ぶのか、そしてこの端がバゲットのなかでも最高の部分なのか最低の部分なのか、チョコレートが入ったパンを「パン・オ・ショコラ」と呼ぶか「ショコラティーヌ」と呼ぶか、そういう問題については議論が白熱して意見が分かれる。だが、人間の最良の友は何かという論争に関しては、小麦が最良の友であることが満場一致で認められるだろう。

あなたのお気に入りのペットがネコだとしたら、それもまた小麦のせいなのだ。ネズミから穀物を守りたいという願いから、僕たちはネコを家に招き入れたのだが、いまやネコ

＊1　系統的に大きく異なっている異種の生物が環境に適応した結果、類似の形態や機能をもつように進化する現象。

が僕たちを自分たちのすみかに招き入れたかのような気持ちにさせられている。もしあなたの親友がハムスターなら、それもまた小麦に感謝しなければいけない。この齧歯類は小麦畑にトンネルを掘ってユーラシア大陸を征服した。ベルエポック[*2]の科学者たちがついに飼いならそうと思いつくまでは、そこに隠れたままだった。小麦という偉大な食卓において、人類は忠実なる伴侶たちに出会ってきた。それ以来、饗宴は続いている。ときにはパリのディープな場所で思いがけない招待客とともに。

夜のパリでは、セーヌ川は油っぽくなっている。宴が終わり、橋に備え付けられた街灯は消され、酔っ払いの叫び声が真っ暗闇の静寂を貫く。結婚式やパーティーが行われていたバトー・ムーシュ[*3]は、市街地の上流にある郊外の港に戻っていった。船内では白い手袋の労働者がパーティーの残り物を片づける。いつものように、パン・シュルプリズ[*4]の外側のパンは誰も食べていない。その残飯はセーヌ川に流れつく。それにしても、あれはなんの役に立つのだろう？　誰も終わりまでは食べないのだ。誰も？　そう、ナマズを除いては。

酔いどれ船《ぶね》[*5]のようにパンは長いあいだ漂い、流れる川の水を吸収して膨らんでいく。オステルリッツ橋に到着する頃には3倍もの大きさになっている。水を吸った巨大なパンは、首都パリを横断するでんぷんの氷山だ。ポンデザール橋の桟橋の向こうでは、大きなナマ

5
パンかご

ズがすでに口ひげをぴんとさせて待ちかまえている。毎晩、パーティーの食事の最後を片づけるのはナマズである。

ナマズは川底の捕食者だ。水面に上がってくることはほとんどなく、上がってくるのはカモや浮遊している貝を丸のみにするときだけ。しかし、ナマズもまた進化して、小麦同好会の仲間入りをした。いまや、あちこちの街でパンはナマズの夜の軽食になっている。

イヌ、スズメ、ナマズ……そして人間！　違うところだらけの生物たちが一つの食べ物によって結びつけられ、ともに進化してきた。文字通り「パンを分かち合う」仲間《コパン》になったのだ。

若きバックランドには、仲間《コパン》がたくさんいる。少なくとも学校の舎監は、わんぱく少年フランクが毎日のように食堂のパンを大量に盗んでいるのを見て、自分にそう言い聞かせていた。寮の灯りが消える頃、われらが泥棒フランクは本当の夕食の準備をしていた。両親の崇高な計画を成功させ、人間にとっては思いがけない食べ物を提供しようと決めていたのだ。誰もいない教室でフランクが料理をしていると、生徒の一団が音を立てずにテー

＊2　19世紀末から第一次世界大戦までのパリを中心とした平和で豊かな時代。
＊3　パリ、セーヌ川沿いの街並みを楽しむための観光客向け遊覧船。
＊4　大きいパンを耳を残してくりぬき、その中に小さなサンドイッチを詰め込んだ料理。
＊5　19世紀フランスの象徴派詩人ランボーの詩のタイトル。

ブルと椅子を並べ、黒板を背景にした食堂を準備する。メニューはしょっちゅう変わり、実験的でもあった。フランクは近くの川で釣り上げたおいしいマスの切り身を出すこともあれば、暖炉の火で焼いたネズミの串焼きを出すこともあった。その日次第というわけだ。

生徒全員がテーブルについたが、料理を食べてみようとする生徒はいない。そこで誰かに試食させるために、フランクは近くの森から他の仲間《コパン》を招く。校庭に面するドアを開けると、ハリネズミやネコやイタチがやってきてフランクの横に座る。少なくともそういう動物たちは、スライスしたパンにのせて供される煮込みの正体がなんであろうと、いつも舌なめずりをしてくれる。親がいなかったり孤独だったりする動物を見つけるたびに、フ

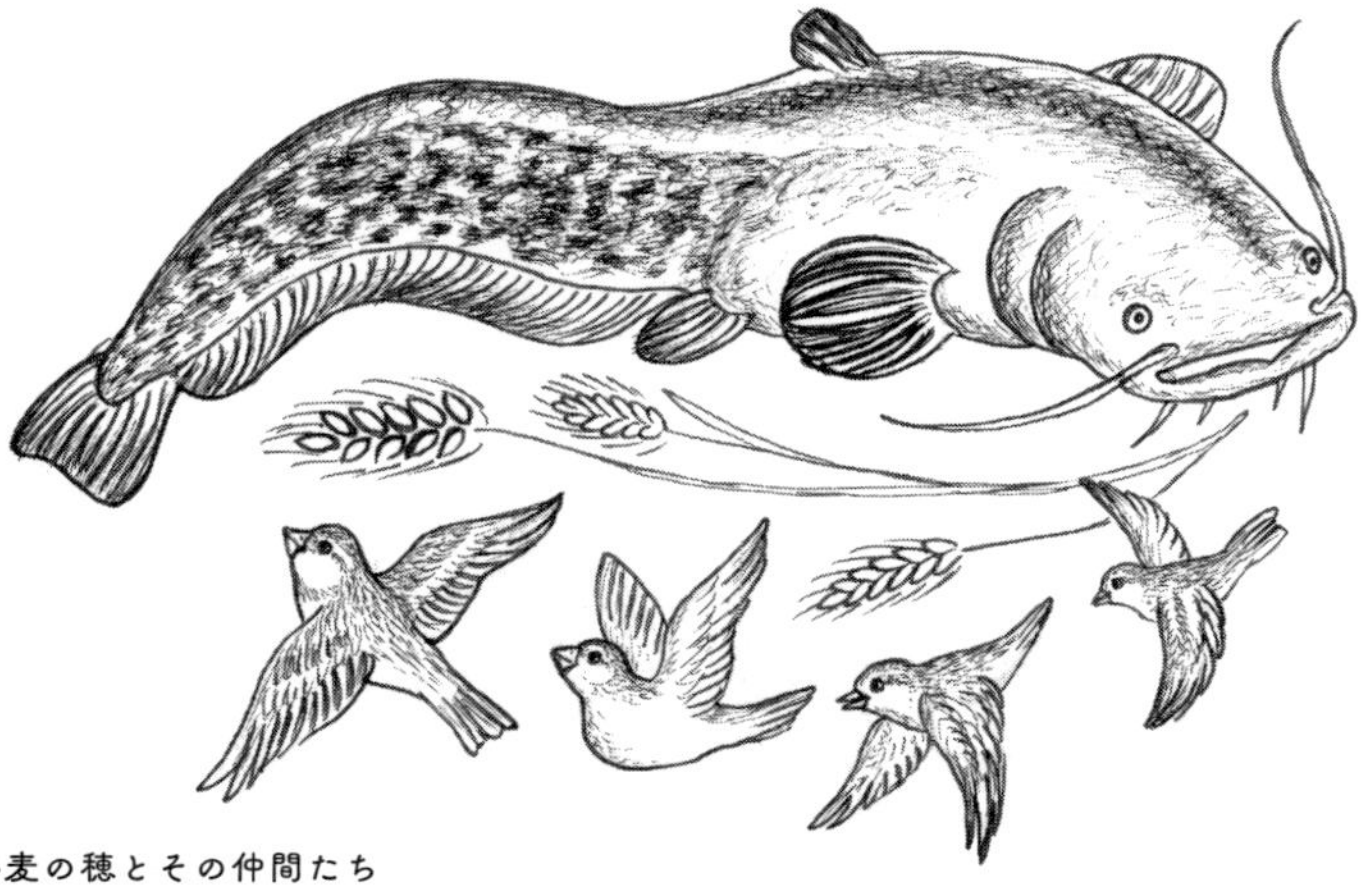

小麦の穂とその仲間たち

5

パンかご

ランクはその動物を飼いならして自分の結社に引き入れた。学年が上がるにつれ、周辺にいるあらゆる野生動物が彼の食卓に招かれるようになった。アナグマ、イタチ、やがてそこに寮の屋根に住みついたイヌワシも加わった。フランクの元同級生たちは回想録のなかで、洞窟で冬眠していたところ春になって「解凍」され、そのとたんに大宴会に招かれたマーモットのつがいについて言及している。

羽根や毛で覆われた仲間たちの食欲を満たすため、わんぱく少年フランクは、ますますパンを盗むことになった。ワシが校長のネコをさらってしまうといった多少の失敗はあったものの、フランクは教師たちの疑惑から免れることに成功していた。しかし、フランクが高校に進む頃には、パンの消費量は隠しきれないほど増えていた。袖やポケット、バッグといったあらゆるところをパンでいっぱいにしているフランクは、教師たちの疑いの的になった。無理もない。フランクの新しい仲間《コパン》は食欲旺盛だったのだから。

しかし、舎監たちが窓から覗いてみても何も変わったことはないようだった。キャンドルの逆光に照らされて見えたのは、濃い色の制服に四角い帽子をかぶった高校生のシルエットだけ。高校生たちのありふれた夕食風景。おかしなところは何もない。フランクはすべてを計算に入れていた。新しい仲間《コパン》を隠すため、生徒の姿に変装させていたのだ。幸運にも、フランクが調達してきた制服は生後6カ月のヒグマにちょうどいいサイズだった！

6

七面鳥の
ブランケット

ソースの中でクジラが泳ぐ
1羽のハトがある帝国を打ち負かし、
1羽の七面鳥が他の帝国を打ち負かす
フランク・バックランドの居残り勉強ノートは
すぐにいっぱいになる

6

七面鳥のブランケット

この料理がメニューにあるのを見たら、美食家はしかめっ面をするだろう。こんな平凡な料理が、どうしてレストランのアラカルトになるのだろう？

舌の肥えた人々は、クチコミサイトをどんな激烈な批判で埋めつくそうかとすでに考えはじめているところだ。七面鳥のブランケット[*1]なんてとんでもない！　高速道路のサービスエリアで出てくる料理だ。なんと貧弱なレシピ。学食向けの料理じゃないか！

感度の高い人々《ヒップスター》のブームのおかげで、ストリート・フード、B級グルメ、ファストフードの価値がついに認められるようになったが、学食の料理はまだそんな名誉に浴していない。今日でも、少しだけ温めた乾燥インゲンマメや残り物のラザニアが醸し出す甘いノスタルジーで大儲けしようなどという流行りのレストランは存在しない。米粒の飛ばし合いや、ビンに入った大量生産のカスタードプリンの「一気飲み」、スープスプーンを発射台にする遊びなどを復活させたがっている人たちには残念だが、僕たちの味蕾にとってはむしろいいことだ。

＊1　ホワイトソースで煮込んだシチュー。

僕たちは授業で、カール大帝[*2]が最初に学校をつくったと教わったが、ともあれ学校ができて以来、学食で出される食事がおいしいと感じた生徒はまずいないだろう。ところが、ここにただ一人の例外がいる。かなり特殊な生徒だったといわざるをえないが、オックスフォードの制服とベレー帽を誇らしげに身につけたこの学生は、ティグラト＝ピレセルと呼ばれていた。

実際にはずっとそう呼ばれていたわけではない。それには理由があった。その生徒はクマだったのだ。クマは一頭一頭、人間のように名前をもっているわけではない。

フランク・バックランドがどこでどのようにこのクマに出会ったのか、歴史家たちはつかめていない。しかし、理髪店に捕らわれていたのを解放してあげたというのは、いかにもありそうな話だ。当時、ロンドンの理髪師たちはクマの脂肪でつくられたヘアローションで大成功し、そのヘアローションが本物であることを客に示すためにお店にクマを飾っていることも珍しくなかった。安心してほしい。それはほとんど詐欺のようなものだった。クマが脂肪のために殺されたなどということはまったくなく、理髪師たちは店内に置かれたクマの毛を毎週違う色に染めては、呪われたヘアローションのなかのさまざまな成分がクマからとられたものであると見せかけていただけだった。クマに魅せられていた若きフランクは、たびたび理髪店のクマのもとを訪れ、理髪店のそのやり口に気がついていた。

6
七面鳥のブランケット

そこでおそらくクマを解放させるために、ペテンをばらすぞと理髪師を脅し、ゆすったにちがいない。

いずれにしても、クマがこっそりオックスフォードに連れてこられたときには、まだ名前がなかった。しかし、名前をつけられるまでにはそう時間がかからなかった。ある晩、クマは生徒がティグラト＝ピレセル[*3]に関する歴史の授業を復習している自習室に乱入した。その生徒が旧約聖書に登場するアッシリアの王の名を口にしたのと同時に、クラス全員が驚きの声を上げた。1頭のクマが教室の階段を駆け下りたからだ。そこでクマは拍手喝采を浴び、ついでにその名前をつけられたというわけだ。

全寮制の学校でクマの存在のような大きな秘密を守るには組織立った行動が必要だった。生徒たちは交代でティグラトを寮の部屋にかくまい、毎晩食堂の残り物を与えた。

筋の多いインゲンマメ、焦げた肉、冷たい揚げ物……学校側がこしらえたメニューがどんなにおぞましい代物でも、食欲旺盛なティグラトはそれを存分に楽しみ、器の底までなめまわした。そして感謝の印に、その場で決められた世話係の指をかじった。クマはフランクが主催する食事会の最高の招待客だった。フランクが試しに使ってみた奇妙な食材を

＊2　フランク王（742-814年）。ゲルマン民族を統合し、西欧をほぼ統一した。
＊3　古代アッシリア王。在位、前745～前727年。

どれもこれも勢いよく食べては喜んでくれた。フランクはときに、料理への情熱という点で孤独感を覚えることがあった。自由なテーマで小論文を書くように言われると、自然や食事に関するテーマを選び、発表した。「ドードー[*4]の絶滅の原因」とか「カラスは農家の敵か味方か」といったテーマだ。しかし結果は、馬鹿にされて悪い点をつけられるだけだった。それでも、イソップ物語を暗記するよりもカラスの影響を見積もることのほうが将来の役に立つと信じていた。しかし、教師はそうは考えていなかった。フランクは教師から練習問題をやるようにと言われる。単純過去[*5]で書きなさい。未来を夢見ることは、小論文の課題ではありません。だが幸いにも、ティグラトがフランクのそばにいた。

　ティグラトは生徒たちの話題の中心だった。古代のアッシリア王と同じ名前のため、ばれずに話題にすることができたからだ。食堂の丸天井の下、舎監たちは、学生たちがさほど有名でもないメソポタミアの支配者の所業になぜこんなに夢中になっているのか、不思議に思った。だが、その理由はさっぱりわからなかった。それでも舎監たちは、七面鳥のブランケットの残りを配ると「火が通りすぎていてもかまわないのでもっとください」と言いはじめる生徒たちに対して、ついに疑いをもちはじめた。

6

七面鳥のブランケット

当時、クマのティグラトほど熱心にブランケットをたいらげる者は他にいなかっただろう。しかし、このつつましやかな料理には、より注意深く味わうだけの価値がある。控えめな風味には、スプーンひとくちでも僕たちを驚かせるのに十分な、まるで教室のクマと同じくらい予想外の種《しゅ》が含まれている。というのも、ブランケットの素材は、遠い国からの長旅を経て僕たちの食堂へとたどりついたからだ。その旅路を追うために、まずはブランケットのソースをよく味わってみよう。

ブランケットのソースはありふれている。野菜のブイヨンストックをベシャメルソース[*6]に混ぜていて、何ひとつ特別なものはない。だからこそ、学食向けと言われている。しかし、味をもう一度確認してみよう。白いソースの奥からはうっすらとよい香りが漂ってくる。ブランケットがぐつぐつ煮こまれる鍋に目を移そう。ハーブの香りを含んだ波しぶきのなかにクローブを1、2本刺したタマネギが揺れている。ブイヨンの風味づけのために、シェフがよくある料理法として投入したものだ。それでも、水際から見ると、水平線に海の怪物が浮かんでいるようにも見える。圧力鍋の水流のなかでは、クローブを刺したタマ

＊4　インド洋の島に生息していた鳥。食料として乱獲され、絶滅した。
＊5　フランス語では過去形にもいろいろな種類があり、単純過去はほとんどが書き言葉でしか使われない。
＊6　小麦粉をバターで炒めて牛乳でのばし、煮つめて調味したソース。

ネギがどこから来たかを語っている。はるか沖合、南方の海からやって来たと……。

ときどき海面を漂っているのは、半透明で蠟のような灰色をした、香りのよい大きな玉だ。この奇妙な玉を船に引き上げた船乗りは、バニラと古い木を思わせる温かい香りを吸いこんだことだろう。ヨードや魚のにおいがする他の海産物とは違って、いま引き上げたものは、お香やスパイス、さらには楽器のようなにおいがする。

何千年ものあいだ、人々は、その起源を説明するのにあれこれと憶測をするだけだった。古代中国では海岸に眠る龍のよだれと言われ、古代ローマでは海の泡が固まったものとされ、『千夜一夜物語』の作者たちは海底の泉のほとりで怪物が反芻したものだと想像した。この香りは「アンバーグリス（龍涎香《りゅうぜんこう》）」と名づけられ、その起源は鳥ではないか、ワニではないか、樹木ではないか、いや伝説のキノコだなど、次々といろいろな説明がなされた。

どの仮説が正しいかはともかくとして、神秘のオーラと希少性が相まってその価値はいや増すばかりだった。アンバーグリスはまさに珍しい宝物だった。どこから来るのか誰にもわからない以上、海の贈り物として潮の満ち引きによって偶然に受け取るほかないものだった。古代から、アンバーグリスは同量の金《きん》よりも価値があった。かつて、婦人たちは手首にこの香りをつけ、騎士たちは料理にまぶしたという。

アンバーグリスを保存するため、中世の宝石細工職人は専用のアクセサリーをつくりだした。ポマンダーだ。それは、タマネギのように丸い小さな箱で、ペンダントにすれば、海からの貴重な贈り物のかけらを肌身離さず持ち歩き、その香りをいつでも吸いこみ、スープやデザートに振りかけることもできる。

ブイヨン、いや、タマネギの話に戻ろう。ブランケットの運命は、大航海時代のアンバーグリスの運命と交叉することになった。当時、新しいスパイスがヨーロッパの食卓に登場したところだった。なかでもチョウジの木のつぼみを乾燥させたもの、つまり、かの有名な「クローブ」は、アンバーグリスに驚くほど近い香りを放っていた。香水職人たちは、アンバーグリスの代用品として、はるかに安価な人工のアンバーグリス、アンブラ・ファクティティア（*Ambra factitia*）を調合することを思いついた。するとそれは、またたくまに人気を博して普及していくとともに、その調合レシピが簡略化されていく。その流行に続いたのがポマンダーの製造だった。アクセサリーの中にアンバーグリスを隠す代わりに、古代のアクセサリーを思わせるかぐわしい球状の土台に植えられたクローブを使用することにしたのだ。お祝いの席や香水店では、クローブを刺したシンプルなオレンジが使われるようになった。そしてキッチンでは、オレンジの代わりにタマネギが用いられた。この球根がかつてのアクセサリーのあとを継いだのだ。高級感もなく独自性もなかった。

たが、ソース料理にアンバーグリスに匹敵する風味をつけるにはもってこいだった。ポマンダーと形状も同じで、しかもポマンダーよりはるかに実用的だからだ。その役割は現在でも変わらない。

その後、海洋生物学はついにアンバーグリスの起源を解明した。その起源は、伝説として流布していたものより信じがたいものだった。

海溝の暗闇のなか、マッコウクジラは水深2000メートル以上の深海に潜り、アルデンテな歯ごたえのダイオウイカなどをむしゃむしゃ食べる。僕たちがブドウを種《たね》ごと飲みこむのと同じように、イカを飲みこむ際にマッコウクジラも硬くて消化できないダイオウイカのくちばしの部分を飲み込む。次に何が起こるのかはまだ謎に包まれているが、このくちばしの部分がマッコウクジラの体内でゆっくりと揺さぶられながらアンバーグリスに変化していくことがわかっている。どういう条件の下でマッコウクジラがアンバーグリスを吐き出すのか、あるいはアンバーグリスはマッコウクジラが破裂するまで蓄積されるのか、そこはわからない。わかっているのは、アンバーグリスがいったん漂流すると、その典型的な香りが得られるまでに、海面で1000年以上もかかるということだ。

だが、クローブを刺したタマネギはもっと早く香りが立つ。強火にかけられた鍋の渦のなかからタマネギが顔を出したとたんに、そこから発せられる香りが、台所じゅうにいにしえのマッコウクジラの息づかいをよみがえらせるからだ。

6
七面鳥のブランケット

ブランケットの香りのなかには、他にも思いがけない生き物の記憶が漂っている。ベシャメルソースにはすりおろしたナツメグが少々加えられている。そこから、マッコウクジラ以上に場違いな生物、ジャコウジカの記憶が香る。

スパニエル犬ほどの大きさで、バンビとテディベアの中間のような、かわいくて短い足をもつミニチュアのシカを想像してみてほしい。鼻面から飛び出るドラキュラのような二本の小さな歯は恐ろしいというよりは滑稽で、いかにも童話から飛び出してきた小動物といった外観だ。

極東の森では、ジャコウジカの雄は、ムスク（麝香《じゃこう》）という粘着性の強いにおいを分泌して縄張りを示す。ムスクは、腹の下にある袋から分泌される。ホモ・サピエンスは、ジャコウジカの麝香腺はシベリアの森とは違うたくさんのもののにおいがすることにすぐに気がついた。軟膏、化粧品、デザート、凝った料理などに使われるムスクは、4世紀以上にもわたって、シルクロード沿いのヨーロッパで最も珍重された原料の一つだった。

1512年、インドネシアの人里離れた木立のなかで、ポルトガルの船乗りが麝香の香りのする種子を発見した。それは、ナツメグと名づけられた。ムスクより使いやすかったために、やがてナツメグはレシピのなかでムスクの地位をすっかり奪うまでになっていく。その香りは、ジャコウジカがもともと発する香りのほのかな残響にすぎないほど弱かったが、それでもナツメグは価値のあるものとなった。

ベシャメルソースにナツメグを少々すりおろしてかけると、動物を思わせるやや強烈なにおいが漂うが、ほとんど気にならない。しかし、このスパイスをめぐって帝国同士は戦争を繰り広げ、冒険家たちは命をかけてきたのだ。

ポルトガル人がナツメグを発見した頃、ニクズク[*7]は現在のインドネシアの端、モルッカ諸島の南にあるバンダ諸島にしか生えていなかった。この植物は他では見られないため、この地域は一夜にして羨望の的となった。1602年、オランダがポルトガルを駆逐し、武力でその一帯を占領した。こうしてオランダ人が世界で唯一のナツメグ生産者となった。ナツメグを独占するためなら手段を選ばなかったのだ。先住民は、奴隷にされるか虐殺されるかした。

イギリス人もナツメグ・ラッシュに目をつけていた。しかし、到着が遅すぎた。イギリス海軍は、3平方キロメートルもない小さな島、ルン島しか占領することができなかった。それでもスパイスを栽培するには十分な広さがあったため、オランダを出し抜くことはできた。数時間で一周できてしまうこの小さな島は、二つの勢力の対立の火種となり、半世紀にわたる無慈悲な戦争を引き起こしたのだ。長い対立の末、イギリスは、地球の反対側にある別の島と引き換えにルン島を手放すことに同意した。「ニュー・アムステルダム」と名づけられていたこの島こそ、現在のマンハッタンだ。

オランダ人は、インド洋の小さな島と未来のニューヨークを交換して有頂天だった。ついにナツメグの絶対的な独占権を手にした。人類史上初めてのことだが、ある種《しゅ》を完全に手中に収めたのだ。オランダ人は、宝物でもあるこの植物を大事に守った。オランダの植民地の行政機関は、支配権を失うことのないよう、監視がもっとも容易なバンダ島以外の他の島ではどこでも、ナツメグの木を根絶やしにしたほどだ。バンダ島以外では森がすべて奪いとられて焼かれたのだ。いったん収穫されると、輸出されたナツメグを一つ一つ石灰で消毒することで、別の場所で栽培されないようにした。先住民が消毒前のナツメグを持っているだけで、即座に処刑されたという。

ナツメグを独占していることによって、オランダ人は数十年にわたって大金を手に入れることができた。ところが少しずつだが、奇妙な現象によってオランダ人はナツメグを支

＊7　ニクズク科の植物。種子はナツメグ、種皮はメースと呼ばれ、どちらも香辛料となる。

配できなくなっていく。バタヴィア[*8]の人々が注意深く監視していたにもかかわらず、根こそぎにしたはずの場所でニクズクが生えてきたのだ。ある島で消滅させたと思ったら、理由がわからないまま別の島で現れる。オランダ人がどんなに森を焼きつづけても、ニクズクは必ずまた生えてきた。自分の領土に閉じこめようとする帝国に抵抗しているかのように、自然が反抗し、ゲリラ戦を行っていたのだ。不思議なことに、まるで天からの贈り物のようなナツメグはいたるところで芽吹き、成長した。先住民の庭にまで生えたので、先住民は大量に売りさばいて利益を得た。

この不可解な逃亡劇によって、オランダによるナツメグの独占は徐々に揺らぎ、オランダは追いつめられた。そこにとどめの一撃を加えたのはフランスの冒険家だった。運命的な名のスパイス・ハンター、ピエール・ポワヴル[*8]である。

ピエール・ポワヴルの人生は災難の連続だった。最悪の出来事に襲われつづけた彼はきわめて不運だったといえるが、それでも生きのびたという意味ではむしろかなりの強運の持ち主

ニクズク

だったというべきなのかもしれない。

ピエール・ポワヴルがナツメグと出会ったのは、最初の挫折を味わったときだった。司祭に任じられたばかりのポワヴルは、宣教のために東インド諸島に向かう途中、イギリス海軍の砲撃によって右手を失った。右手なしに司祭としての祝福をすることはできないので職業を変えなければならなくなった。イギリスによって、現在のジャカルタにあたる、オランダが占領していた港バタヴィアで捕虜となったポワヴルは、莫大な利益を上げていたナツメグの実の売買をいわば内側から観察していた。するとある日、一つの考えが浮かんだ。もし自分でこのスパイスを生産できたら……？

その考えは、パリの王立植物園のすぐそばの神学校で学んでいた、自身の若い頃を思い出させた。当時、ポワヴルは旅する植物学者の講義を聞き逃したことはなかった。半分探検家、半分園芸家だった情熱的な男たちが新しい植物を求めて海を渡る。そのおかげでパリの中心で、パイナップルやセイヨウハナズオウ、さらにはあのピスタチオまでもが育っていた。彼らはそうした植物に水をやり、未来の料理を考え出していたのだ。ポワヴルは、彼らにこのうえない敬服の念を抱いていた。

＊8　現在のインドネシアの首都ジャカルタのオランダ領時代の呼称。
＊9　フランスの宣教師、園芸家（1719‐1786年）。フランス語でポワヴル（poivre）はコショウを意味する。

その植物学者たちのほとんどは、ポワヴルと同様に聖職者だった。彼らはある日、針路を変え、祈りによって隣人に糧を与えるのとは別の方法を見つけるべく、聖職衣を脱ぎ捨て、冒険と園芸の人生を歩むことにしたのだ。ポワヴルは何度も、彼らについていこうと思った。地元の農業を学ぶためにミサをサボったことがばれ、最初の宣教地であるマカオに送り返されたこともあった。ポワヴルにとって、ナツメグの地に閉じこめられることは、運命の導きだった。

彼は囚われの身でありながら、スパイス栽培者になり、ナツメグをフランスの食事に加えることになる自分を想像していた。実を盗み出し、フランスの植民地に根づかせるだけでいい。こんな簡単なことはない。まずはインド洋の島々に行き、それから王立植物園を経由してアメリカ大陸に行こう！　哀れなポワヴルは、当時、自らの伝説的な不運ゆえに海の歴史でもっとも大規模な宝探しに身を投じることになるなど、知る由もなかった。

彼の最初の遠征隊は嵐に遭って船団の半分を失った。ポワヴルのボートは沈まなかったが、すぐにオランダ船に拿捕された。そこからがまた大変だった。その船はサン＝マロの海賊たちに奪取されたが、今度はその海賊たちがイギリスの軍艦に捕らえられた。再びイギリス人の手に落ちたポワヴルは、牢屋に送り返されたのだ。

だが、この片腕の冒険家ポワヴルは、解放されると、１７５０年から１７５５年にかけ

七面鳥のブランケット

て、さらに2回の遠征を行った。今度は海の神々は優しかったものの、園芸の神々のご加護が足りなかった。モルッカ諸島から持ち帰ろうとした植物はどれも生き残らず、本物のナツメグの木であるのかどうかさえわからなくなってしまった。資金も尽き、ポワヴルはフランスに戻ることに決めた。フランスに戻る船は、例によって偶然なのだが、またもやイギリス人に捕まり、ポワヴルはまたまた牢屋に逆戻りとなった。

ついに解放され、故郷のリヨネ[*10]に戻ると、ルイ15世は、ポワヴルのこれまでの運命に胸を打たれ、彼が穏やかな生活を送れるよう、のちにモーリシャス島と呼ばれることになるフランス島の執政官の地位を与えた。ポワヴルは妻とともにフランス島に移り住み、一緒に植物園を設立した。

しかし、ポワヴルはスパイスの夢をけっしてあきらめようとはしなかった。楽園のような環境にもかかわらず、粉骨砕身し、最後の遠征の機会をエトワール・デュ・マタン号に託してモルッカ島に送り出した。するとついに幸運の女神が微笑んだのだ。船長は、無邪気な地図製作者を装い、疑り深いオランダの沿岸警備隊をだましおおした。そして先住民と親しくなって、ナツメグの木の「逃亡」という不思議な現象が起きた小島を教えてもらった。その島に着くと、海岸から、あの有名なミリスティカ・フラグランス（*Myristica*

*10　フランス中東部のかつての地名。現在はローヌ県とロワール県。

fragrans)、すなわちニクズクのつやのある葉、深紅の種子をもつ黄色い果実が揺れているのが見えた。それはまるで、オランダ人を嘲笑っているかのようだった。エトワール・デュ・マタン号の船倉にナツメグの木を積ませたポワヴルは勝利を祝い、この貴重な種《たね》を、セイシェル諸島、レユニオン島、フランス領ギアナなど、フランス商館があるあらゆる土地に植えさせた。オランダの独占は破られ、ナツメグは解放されたのである。使命を果たした冒険家は、十二分に休養をとり、ライチなど、他のエキゾチックな植物の栽培に打ちこんだ。そして何より別の解放運動に身を投じた。奴隷廃止論が唱えられることがまだ非常に稀だった時代ながら、奴隷解放運動に力を尽くしたのだ。

ポワヴルはナツメグを解放したが、その成功は、ポワヴル自身はけっして出会うことのなかった、ナツメグの謎の同盟相手に負うところが大きい。根絶やしにされたはずの場所にもまた新たに生えてくるニクズクの不思議な生命力の正体は、長いあいだ謎のままだった。明らかになったのは、１８６５年のある日の午後のことだ。

その日、モルッカ諸島のジャングルを、興味津々の子どもの一団につきまとわれながら、風変わりな人物が歩きまわっていた。こんなはずれの小島で、当時もっとも有名だった動物学者の一人に出会うなど、そうあることではない。その動物学者とは、進化論の先駆者アルフレッド・ラッセル・ウォレス[*11]である。

ベージュのロングコートに立派な白い髭、小さい丸眼鏡をかけたこの動物学者は、上を見上げながら森のなかを歩きまわっていた。ヤシの木の上から聞こえてくる大きなゴロゴロという音を追いかけていたのだ。いったいなんの音なのだろう？

その音に導かれるようにウォレスは森にたどりつき、そこで木立の樹冠の先に、これまで見たことがないぐらい大きく美しいハトを発見した。彼は次のように書いている。「体長60センチメートル以上、青みがかった灰色で、羽と尾は金属のような光沢ある緑色だが、金色、紺碧、紫色に反射し、足は珊瑚礁のように赤く、目は金色のみごとな鳥だった」。それは、科学の世界でもまだ知られていない種《しゅ》の鳥だった。

先住民が捕らえたカルポファガ・コンシンナ（*Carpophaga concinna*）[*12]を、きちんと手順を踏んで解剖図をつくるべく解剖してみると、驚くべきことが起こった。穴のあいたバッグからビー玉がこぼれ落ちるように、ナツメグの実が地面に転がったのだ。実の表面はすべすべしていて完全に無傷な状態だった。ウォレスはすぐに理解した。そのハトのく

＊11　英国の動物学者（1823-1913年）。
＊12　和名キンメミカドバド。現在の学名は*Ducula concinna*。

ちばしは狭いが、下顎と消化管にはナツメグの実を十分飲みこめるだけの大きさがある。ナツメグはこのハトの好物だったのだ。ハトは種子を包んでいた種皮（メース）だけを消化し、通り道に種子をばらまいていた。このようにして、オランダ人入植者を尻目に、ハトがナツメグを島から島へと分散させていたのだ！

北海に豊富に生息したニシンで富を築き、ナツメグの栽培で栄華を極めたオランダ帝国は、ハトの糞により衰退した。人間の偉大な歴史も、食物連鎖の小さな一つの鎖の輪にすぎないのである。

いまでは、マンハッタンのカフェテラスでナツメグ風味のホットチョコレートを注文することができる。ちびちびと飲んでいると、高層ビルのあいだをハトが飛んでいるのが見える。まさに、ニクズクとハトによる不思議な同盟がなければニューヨークで英語は話されていなかっただろう、と思い出すのにいい機会だ。

ブランケットは典型的な「フランスの家庭料理」だが、旅気分を味わわせてくれるエキゾチックな種《しゅ》の集まりでもある。だが、フランス各地の特産品もまた、ブランケットと同じように、そのほぼすべてが水平線の彼方の記憶を運んできてくれる。エスプレット[*13]の原

6

七面鳥のブランケット

産地はアメリカ大陸。ノルマンディーらしさがもっとも感じられるリンゴもヒマラヤ原産だ。逆説の極みだが、フランスの土壌から生まれた貴重な食用の植物は、むしろ外国で食されていて、フランス人にとっては異国の味がする。たとえば、タンポポは主に中国語圏で調理される。人々が移動し、栽培することにより、美食の世界では、あちらとこちらが混ざり合う。僕たちのブランケットの七面鳥もまた、実は長い道のりを旅してきたローカルな食材なのだ。

今日のフランスで七面鳥《ダンド》という言葉は「察しの悪い鈍感な人」という意味をもつが、この鳥の原産地で「七面鳥」と呼ばれるのは名誉なことだった。それは、北アメリカのネイティブアメリカンの非常に美しい頭飾りを見るだけで十分にわかるだろう。事情通でない西部劇ファンは、この飾りにはワシかコンドルの羽毛しか使われていないと思っているだろうが、まったくそんなことはない。この頭飾りのなかでもっとも高貴な要素の一つは、アメリカ大陸の極西部のもっとも賢い鳥、すなわち七面鳥のあご鬚《ひげ》でできたものである。

ネイティブアメリカンにとって、野生の七面鳥はジビエの王様である。七面鳥は警戒心が強いことで有名だ。七面鳥は何週間もの待ち伏せの末にようやく手に入れられるものた

＊13　フランス南西部の地名エスプレットが冠せられた、当地のトウガラシ。

ので、捕獲すれば大きな手柄となる。そのため当然のことながら、ヨーロッパに伝わった七面鳥は王家用となり、フランスで初めて七面鳥が味わわれたのは、カトリーヌ・ドゥ・メディシスが開いた1549年の宴会においてだった。彼女はここでも、新しいメニューの開拓者だった。

今日飼育されている七面鳥は、野生の七面鳥ほど警戒心が強くはないが、それでもやはり、一筋縄ではいかない存在だ。最近になって、七面鳥は国連の上層部でも話題になり、思いがけず国際的地政学を揺るがしている。

歴史や地理学を復習するのに学食がうってつけというわけではない。そのことは、七面鳥によって証明されている。というのも、七面鳥の名前は地理学的ミスによるものだからだ。フランスに登場したとき、七面鳥はインドから来たと考えられていたため、「インドの雌鶏 (*poule d'Inde*)」と呼ばれ、さらにはよりシンプルに「ダンド (*dinde*)」となった。本当は「アメリカの」と

野生の七面鳥

いう意味の「ダメリック（*damérique*）」と名づけられるべきだったのだ。

ポルトガル人のまちがいはもう少し軽微で、この鳥は「ペルー（*peru*）」と命名された。北アメリカ原産のこの種《しゅ》の鳥は、ペルーに足を踏み入れたことなど一度もなかったのだが……。英仏海峡の向こう側のイギリスの家禽商も似たようなものだった。おそらくオスマン帝国経由で東アフリカから輸入されたホロホロチョウと混同したのだろう。七面鳥はトルコ産だと思われた。したがって、シェイクスピアの作品でも、原産地と考えられた国の名前で「ターキー（*turkey*）」と呼ばれた。その後、英語の普及とともに、七面鳥は多くの国で「ターキー」と呼ばれるようになった。興味深いことに、トルコでは七面鳥は「ヒンディ（*hindi*）」と呼ばれ、ヒンディー語では、「タルキー（*turkee*）」と呼ばれている。


体重わずか数キロの鳥と、人口８５００万人の国が名前をめぐって争ったら、はたしてどちらが勝つか？　２０２２年6月1日、この戦いに七面鳥が勝利した。世界じゅうの七面鳥が喜びの声をあげたにちがいない。トルコは国連で正式に名称の譲り渡しを表明し、七面鳥との混同を避けるためにその名を返上したのだ。七面鳥が唯一の「ターキー」となり、現在、トルコはすべての公式文書で国の名称を「テュルキエ（Türkiye）」に変更している。

世界じゅうの人々、そして世界じゅうの国々よ、七面鳥には気をつけよう！

毎年のクリスマスと同様に、少し焼きすぎた七面鳥が食卓に並んだ。1847年12月24日、それが理由で、若きフランク・バックランドは激怒した。そもそも食事中、フランクはすべてに腹を立てていた。オックスフォードでの最初の学期は最悪の形で終わった。クマが舎監に見つかってしまったのだ。

もちろんフランクは交渉を試みた。おとなしくさせておくという条件で、クマを授業に連れてくる権利まで手に入れた。だが、それは事態を悪化させただけだった……。いやいや、事実はまったく反対だった。ティグラトはおとなしいどころか、むしろ模範的な生徒で、人間の同級生よりも熱心に授業を聞いた。しかし、あまりにできすぎていた。礼儀正しく愛情深いティグラトは、大学でスターになった。著名な来賓がわざわざティグラトに挨拶に来て、たとえ有名な教師の授業でも生徒たちが授業に押しかけるのはクマを見るためだけになった。とうとう、陰気な学部長はティグラトの名声に嫉妬し、怒りだした。「あなたの息子かクマか、どちらかが学校から出ていかなければなりません」学部長はフランクの両親にそう手紙を書いた。

そしてもちろん、残ったのはフランクで、クマは動物園に送られた。なんと悲しい話だ

6

七面鳥のブランケット

ろう！　選べるなら、フランクは逆を選んでいたことだろう。喜んでクマに席を譲ったはずだ。フランクにとっては、動物園のエキゾチックな動物たちと一緒にいるほうが厳しい学校にいるよりも幸せだっただろう。そして、ティグラトもやすやすとフランクよりもいい点を取ったことだろう。だが、両親はフランクの卒業を望んだ。つまらない考えだ。教師の息子であるのはなんとつらいことだ。もしフランクがクマの子どもだったら、好きなようにさせてもらえたのに。

この悲しい出来事から立ち直るために、フランクはクリスマスの晩餐に大いに期待した。両親の秘密が隠されたあのパーティーに、未知の生物種が盛りだくさんの饗宴に彼も参加したかった。ところがそこでも、彼はがっかりした。その年、バックランド家はクリスマスを家族だけで過ごしたのだ。献立は、なんの面白味もない七面鳥のローストだった。

フランクは、退屈のあまりテーブルの上の生物に思いを馳せつつ、悲しげにその料理を眺めた。誰も気づいていないだろうが、どのお皿も、地球の裏側から来た植物で彩られていた。南米産のジャガイモやトウモロコシにカナダ産のキクイモ。さらには、ニューギニアの巨大なサトウキビから抽出したキビ糖、カリブ海のランから採ったバニラ、アンデスのジャングルから採ったカカオなどを使ったデザート。遠方からの植物がいつだってメニューを豊かにしている。50年前には珍しかったジャガイモは毎日、食卓に上っている。パイナップルもようやく一般化してきた。ありふれたレシピにも、地球上の植物相の最良の部分が用いられていた。

しかし、動物界にはその進歩はまだ及んでいなかった。七面鳥は紀元0年の最初のクリスマスからずっと、とてもエキゾチックなものだった。七面鳥を除いては、この2000年弱でヨーロッパの日頃の食卓を進化させた新しい肉はほとんどなかった。例外は、ホロホロチョウ、キジとバリケン[14]——この鳥もまた中央アメリカ原産なのにまちがった名前をつけられたことになる——といった種《しゅ》くらいだった。要するに、動物に関してはほとんど何も起きていない。

しかし、それが七面鳥だけだったとしても、晩餐の様相を一変させるには新しいものがたった一つあるだけで十分だった。このことがフランクを希望に満ちた夢想へと導いた。のちに彼が著作のなかで一例として示す真の天啓だった。

未来のクリスマスのメインディッシュが人里離れたジャングルに隠されているのはまちがいない。食に革命を起こすべく勇気を出して味わう者だけを待っているものだ。フランクは、それが、すぐそこ、手の届くところにあると感じていた。七面鳥が成しとげたことを、フランク・バックランドも成しとげるのだ。

両親は近所の森や通りで見かけた動物を試したが、フランクはさらに先に進むことになるだろう。至上の逸品を見つけるべく、探求の範囲を全世界へと広げるのだ。おいしくて栄養があり、たくさん存在し、誰もが自由に食べられる理想の動物。宴会だけでなく日々の食事をも一変させ、胃袋も心も満たすまだ見ぬごちそう。

飢餓を撲滅することになるその動物はいまも地球のどこかを走り回っているはずだ。フランクは、その動物を探す決意をかつてないほど固くしていた。

＊14　カモ科の鳥類。フランス語では「バルバリのアヒル」と呼ばれる。バルバリはエジプト西部から北アフリカの沿岸一帯を指す。

7

チキンとフライドポテト

ダックスフント[*1]が肉焼き回転機を回す

ニワトリのせいで全世界の人が鳥肌を立てる

ジャガイモの皮がギリシャ彫刻の調和を解読する

7

チキンとフライドポテト

チキン、フライドポテト。その2語を聞いてレオは飛び起きた。テーブルの下から客の足元をよく観察する。どの靴の人が、チキンやフライドポテトのかけらを投げてくれるのだろう？　キャラメル色にしっかり焼かれた鶏肉の香りが立ちのぼっている。

チキン、レオを流れる血がそれを求めている。レオは優秀な雑種犬として、その祖先の背景はさまざまだが、どの祖先にも鶏肉と密接に結びついた歴史がある。

レオの毛は白いが、ところどころに褐色のぶちがある。この毛並みは、スパニエル犬の先祖である指示犬に由来する。指示犬は嗅覚を活かしてキジ類を追いかけられるように交配されたイヌなのだ。大きく笑ったような顔立ちから、レオは人間のために獲物を追いかけるレトリバーにも似ている。耳は少しカールしていて、おそらく鶏小屋を守るためにキツネを追い払うよう訓練された品種、フォックス・テリアの血も引いているのだろう。

しかし、レオには短い足と三角形の耳があり、別の出自があることもわかる。それは、

＊1　フランス語ではChiens-saucisses「ソーセージ犬」と呼ばれている。

労働階級であった祖先が残した遺産ともいえる。他のどの犬種よりも家禽と関係する遺伝子をもつイヌ。レオが、その昔、回転式肉焼き機を回していたターンスピットという犬の子孫であることはまちがいない。

ターンスピットは、その名のとおり「悲惨な生活」を送っていた。[*2] 実際、この表現は彼らに由来している。彼らは毎日毎日、炉の炭火やかまどの熱い鋼鉄と熾火《おきび》の間の車輪の中をハムスターのように走りつづけさせられた。歯車を通じて串を回転させ、鶏のすべての面を確実に焼きあげるために。

中世の終わりから産業革命の時代まで、このイヌたちがヨーロッパの焼いた肉の風味を支えてきた。焼けたにおいは食欲をそそるが、そのことがこの労働をいっそう辛いものにしていた。そんな過酷な状況に直面した4本足の動物の連帯に博物学者たちは魅了された。幸運にも一つの炉に何匹かが入れられている場合には、イヌたちは交替で車輪を回す。そうやって力を節約して、唯一の休息日である日曜日に教会の冷たい敷石の上で、今度はミサの最中に人間の足を暖める役割を果たすイヌになるのを心待ちにするのだ！　強制されたものではあったが、その献身は無駄ではなかった。ターンスピットの苦しみはアメリカのブルジョワジーの心を動かし、彼らのおかげで１８６６年には動物虐待防止協会が設立されたのだから。

7

チキンとフライドポテト

20世紀の幕開けとともに自動機械が出現し、焼き串を回すイヌは姿を消した。こうしたことは、いまではほとんど知られていない。唯一残存する「ウイスキー」という名のターンスピットの剥製を見れば、過酷な労働によって体を変形させられた毛むくじゃらの醜い小型犬であったことがわかる。しかし、かつては非常に一般的な犬種であったため、遺伝子は多くの犬に受け継がれている。その子孫には胴が長くて足の短い犬種もいる。英国の故エリザベス2世に愛された有名なコーギーたちもそうだ。焼き串を回転させる犬からソーセージのような体型のダックスフントが生まれるとは、なんという皮肉だろう！

チキンのにおいで祖先の記憶がよみがえるのはレオだけではない。人間にとっても鶏肉料理は日曜の香りがする。バカンス先に向かう道すがらのピクニック、ランチのテーブルクロス……ローストチキンはそういうところにしょっちゅう登場する。それは繰り返される味であり、家族の食事のたびに語られる笑い話のようにリフレインされるもので

＊2　フランス語でavoir une vie de chien（直訳すると、イヌの生活を送る）は悲惨な生活という意味の慣用句である。

ある。

しかし、人間とニワトリの関係は、必ずしも前者が後者を焼くというだけではなく、紆余曲折をたどってきた。関係が始まったのははるか大昔のことだ。当初もいろいろな関係があったはずだが、美食とだけは無縁だった。

人類がどうやってニワトリに近づこうと決めたのかを覚えている者はいないが、その出会いの秘密は東南アジアの原っぱに隠されている。およそ8000年前、ホモ・サピエンスは家禽の先祖であるバンキヴァというニワトリに出会い、愛着をもつようになった。しかし、一つだけ確かなことがある。それは食べるためではなかったということだ。

野生のバンキヴァは骨に羽毛が生えているだけのようなもので、捕獲もほとんど不可能だった。非常に臆病でちょっとした物音でも飛んで逃げてしまう。なんとかして手でつかまえたとしても、20回に1回の確率でパニックに陥って死んでしまう。このように、最初のニワトリを手なずけるには、かなりの忍耐と機転が必要だったはずだ。バンキヴァを捕まえることで手に入る粗末な食料だけではまったく見合わないぐらいの努力が必要だったのだ。考古学もそのことを裏づけている。もっとも古い家禽の骨格はすべて無傷で発見されていて、骨がかじられるなどということはなく、骨折の治療跡さえあった。当初、ニワトリはそれ自体として人間に愛されていたのだ。

7

チキンとフライドポテト

では、ニワトリは、人類の最初の飼育者たちに対してどんな役割を果たしていたのだろう？　民俗学者によれば、何よりもまずペットであったが、ときにはそれ以上の存在、聖なる存在だった。色とりどりの羽は人間の頭飾りや装身具になった。また、闘鶏に関連する闇の儀式や、生け贄になったニワトリの内臓を使った占い、さらには、ニワトリをあの世からの使者とみなす秘教的なニワトリ崇拝もあった。

当時、ニワトリが人間に対して果たしていたもう一つの役割は一目瞭然だ。いや、一耳瞭然とでもいうべきか。鶏小屋の隣で朝遅くまで寝ていたことのある人ならすぐにわかるだろう。森のなかでは、時計のように正確に、それぞれ決まった時間に鳥が鳴きはじめる。フランスでは、日の出の1時間半前にクロジョウビタキが鳴きはじめ、コンサートが幕を開ける。15分後にコマドリ、そしてツグミ、ヒヨドリ……と続く。アジアのジャングルではバンキヴァがちょうど日の出に鳴く。まだプラトンが水を利用した目覚まし時計を完成させるおよそ6000年前にすでに、雄鶏は人間にとって最初の目覚まし時計だったのだ。

文明間の交流を通して、ニワトリは少しずつ地球を制覇していった。どの地域を訪れても人間たちから一様に賞賛の声を浴び、そのたびに魔法の動物とみなされた。メソポタミア文明では王のマスコットであり、古代エジプトでは神々の使者だった。2000年前にヨーロッパにやってきてからは、ケルト人の飼い主の横にニワトリや他の家禽も埋葬された。しかしどこの土地でも、到来から５００年後にはニワトリは家畜になった。神の化身から焼いて食べる肉になり、王の宮廷から鶏小屋へと格下げになったのだ。その後、ニワトリにとって思わぬ転機がやってくる。

１８４０年代、フランク・バックランドの物語もまた思わぬ転機を迎えていた。すべてはロンドン動物園のヒョウが亡くなったという悲しい知らせから始まった。寮の部屋で知らせを聞いた若きフランク・バックランドは、この悲劇をまたとないチャンスととらえた。ずいぶん前から、ヒョウは食べるとどんな味がするのだろうと気になっていたのだ！　そこで、持っているなかで最上のペンを執ってお悔やみ状を書き、その最後に、おいしく食べることでヒョウに敬意を表したいので骨つきの肉を数切れとっておいてくれないかと書き加えたのだ。

残念なことに、手紙が届くまでに2日かかり、届いたときにはヒョウはすでに埋葬されていた。しかし、フランクの心のこもったお願いに動物園の飼育係は心を打たれ、土の中からヒョウを掘り起こし、お返しにその肉片を送った。バックランドは日記のなかでこう

7

チキンとフライドポテト

告白している「あまりおいしくはなかった」。だが、幸いなことに、学生と飼育係のあいだに生まれた友情は、料理の残念さを埋め合わせて余りあるものだった。

ほどなくして、若きバックランドは自由時間をエキゾチックな動物たちの檻を行ったり来たりすることで過ごすようになった。医学部の授業を早めに抜けて大喜びで飼育係を手伝ったり、ラテン語の授業を何コマもサボってネズミイルカを手術したり、ゾウにギプスをはめたりした。動物に囲まれた生活には生まれたときから慣れていて、何百時間にわたる解剖と試食で鍛えられてきたフランクは最高の獣医であることが証明された。そこで、バックランドと動物園の飼育係のあいだで暗黙の協定が結ばれた。この若き博物学者は、定期的に動物園に来ては動物の健康状態をチェックする。その代わり、もし動物が亡くなったらその肉を捨てたりはしないでとっておく。これ以上の学生アルバイトがあるだろうか？　ロンドンにいながらにして世界各国の動物を味わい、人間の飢餓との闘いに際してもっとも心強い味方になるのはどの動物かを確かめることができる。ついに、飢餓対策の強い味方、夢の動物、フランクの両親が望んだような食の革命を起こすことになる動物を見つけることができるのだ！

誤解しないでほしい。フランクの動物への愛は、食への好奇心をはるかに凌駕《りょうが》していた。動物たちが生きているあいだは大切に扱われるよう、力を尽くした。苦しんでいる動物たちのそばにできるだけ早く行けるように、動物園の隣に引っ越しまでしたという。キリン舎が火災に見舞われて建物と一緒に2頭が焼け死んでしまった日には、施設の安全性を向上させるよう動物園の上層部に怒りをぶつけて訴えた。しかし、どんなに怒っても食欲がなくなることはなかった。「ミディアムで焼けば、キリンのフィレは子牛のフィレよりずっとおいしい」と彼は書いている。

フランクが動物園に通うようになった同じ年に動物園で華々しいデビューを飾った鳥がいた。ニワトリである。ヴィクトリア朝時代の初期、動物園の主役は現代と同じように、ライオンやゾウだったと思うかもしれないが、そうではない。ライオンは好きなだけほえることができたが、たいして気に留める者はいなかった。鶏小屋の前に殺到した人たちはニワトリしか眼中になかった。

空前のブームが巻き起こった。ニワトリへのこの集団的な熱狂がやがて世界の一面を変貌させることになる。

英国の植民地帝国はその頂点に近づいていた。ユニオンジャック旗がすべての大陸に掲げられ、英国海軍は海という海をパトロールしてまわった。

7

チキンとフライドポテト

この広大な帝国のあちこちにいる熱心な提督たちは、若きヴィクトリア女王[*3]にエキゾチックなプレゼントを贈った。女王がもっとも感動した贈り物は、1842年に中国から届いた7羽のニワトリが入った箱だ。英国では誰も見たことがないようなニワトリだった。

その鳥は絹のような羽をまとい、脚は柔らかい羽毛で縁どられ、そして何より、まるで小さなダチョウのように巨大だった！　女王はたちまち羽でできたボールのようなこの生き物に魅了され、宮殿に鶏小屋をつくらせ、家禽のために王室家禽監督官を任命した。女王陛下の新しい趣味、つまりニワトリにご執心という噂を聞きつけた廷臣たちは、さらに極東のニワトリを届けるために奔走した。それだけでなく、お茶の時間に女王と話ができるように、その趣味を真似するようになった。こうして紳士淑女のあいだでニワトリを飼うことが大流行しはじめた。彼らにとっては、最先端《イン》でいるためには、ニワトリでいっぱいの小屋が必要だった。まるでドクター・スース[*4]の絵本にでてくる生き物のようなアジアのニワトリの大群がロンドンの高級住宅街を埋めつくしたのだ。大邸宅では、体重10キロを超えるブラマや、青い羽毛をもつ小柄なバンタム、アンゴラウサギのように柔らかい羽のラングシャンが鳴いていた。[*5]

＊3　英国の女王（1819‐1901年）。在位期間は1837〜1901年。
＊4　セオドア・スース・ガイゼル（1904‐1991年）、アメリカの絵本作家。代表作は「帽子をかぶったネコ」など。

フランスでは、ウジェニー皇后[*6]が英国女王の熱狂ぶりを知り、インドシナのニワトリにはまりはじめた。彼女は、なんとか英国人に勝とうと、もっとも型破りな種《しゅ》を探させたほどだ。イギリス海峡の両岸で、いまや貴族やブルジョワが一流の社交クラブのなかで異国風のニワトリを闊歩させていた。流行りに乗った画廊はニワトリの肖像画を買い集め、ニワトリ専門の画家が有名になった。

　こうしてニワトリは贅沢の象徴となり、誰もが手に入れたがった。その熱狂ぶりは中流階級に伝わり、やがて国民全体へと広がっていく。首都で開催された巨大なニワトリの展示会には、ビートルズのコンサートに集うファンよりも熱狂的な何万人ものファンが集まった。一番美しいとされるニワトリにはサラブレッドを超える高値がつけられ、イヌやネコよりもかわいがら

コーチン

れて、安楽な生活を送った。

やがて、その熱は米国にも広がっていく。当時、流行はヨーロッパで生まれ、米国に輸出され、その逆ではなかった。ゴールドラッシュに沸いたばかりの若い国は、この新しい社会的熱狂にすぐに飲みこまれた。ニワトリは金塊と交換され、ニワトリラッシュが始まったのだ。当時知られていた品種はどれも白い卵しか産まなかったので、金の卵ならぬ茶色い卵を産むニワトリは、尽きることのない驚きの源となった。

新しいニワトリはそんなにも魅力的だったが、それは、ほぼ3000年ものあいだヨーロッパのニワトリとは無関係に進化してきたためだった。アジアの養鶏家はまったく異なる血統を育み、西洋人は、ケルト人が初めてニワトリに出会ったときと同じ驚きとともにアジアのニワトリに出会った。こうして、あっというまにニワトリは、人類の心のなかで失われていた地位を取りもどした。聖なる動物、王のお気に入り、人間の友、という地位だ。

しかも今回は、皿の上に戻ってくるのに500年もかからなかった。

＊5　ブラマ、バンタム、ラングシャンはいずれもニワトリの品種名。
＊6　ウジェニー・ドゥ・モンティジョー（1826-1920年）、ナポレオン3世の妻。

当然ながら、大フィーバーのニワトリを最初に料理した者の一人はフランク・バックランドだった。その機会が訪れるとすぐに、フランクはコーチンでチキンカレーをつくった。そのチキンカレーは、彼にとっては初めて招待客から満場一致の支持を得た。セットで出されたナマコのスープやカンガルーのハムに比べれば、コーチンであったとしてもチキンカレーのほうがリスクが少ない試みだったともいえるだろう。

このように料理はうまくいったが、フランクは世のニワトリ熱にちっとも振り回されなかった。アイルランドでは、べと病[*7]がジャガイモ畑を壊滅させ、何百万人もが飢饉で亡くなった。それを受けてヴィクトリア女王は、新しい種《しゅ》の導入が飢饉への対処法になると期待して4羽のコーチンをアイルランドに送ったが、それはあまりに貧弱な援助だった。新しいニワトリは、畜産の生産性を向上させるという点で長い目で見れば希望を与えてくれるものではあったが、フランクが探し求めていた奇跡になりえなかったのは確かだ。彼に言わせれば、人類を飢えから救う動物は、童話や古代の伝説にも登場できるようなすばらしい獣でなければならない。日傘の淑女やシルクハットの紳士がニワトリに見とれているのを尻目に、われらが博物学者兼美食家はもっと壮大な夢を見ていた。同時代人がニワトリを話題にしているあいだにレイヨウやサイに目をつけていたのだ。

バブル経済と同じように、ニワトリのバブルもはじけて終わる。大貴族たちは他の趣味を見つけ、ニワトリ相場は急落した。西洋で燃えあがったニワトリ熱という炎は忘れられ、歴史から消えていったのだ。あちこちの街かどで、破産した養鶏家たちが在庫のニワトリを叩き売ろうとするという、悲劇的でもあり喜劇的でもある事態が起こった。買い手がつかなかった人たちはニワトリを自分で食べるしかなく、そのせいでひどい目にあった。上海出身のコーチンには携帯用ナイフほどの大きさのトゲがあるため、やり返されずにニワトリの首を切るのが難しかったのだ。しかしこの大惨事は、ニワトリ熱の高まりのなかでつくりだされた何十種類もの新しい品種がもっている思わぬ長所を見出す機会となった。アジアのニワトリとかけあわされることで、ヨーロッパのニワトリはより重くなり、より多くの卵を産むようになる。そうした交配によってヨーロッパの鶏舎にかつてない多様性がもたらされた。鶏肉は人気の食品となり、アジアのニワトリの遺伝子の贈り物として、卵立てにベージュの殻をもつ卵が並ぶようになった。

犬のレオは耳を立てたまま、突然動きを止めた。カリカリという音が聞こえたのだ。ま

*7　ツユカビ科の菌類の寄生によって起こる植物の病気。

ちがいない。テーブルの上では子どもがナゲットをかじっている。狩りの開始だ。その子どもに音を立てずに近づくと目が合ってしまった、優しい目で見つめ、前足を出す……。うまくいった！　ほだされた金髪の少年がナゲットを半分こちらに投げてくれたのだ。

だが、レオはすぐにがっかりした。合成肉のナゲットは期待していた味とは大違いだ。そこには、飼い主とともにイヌが長いあいだ楽しんできたチキンのすばらしい風味がみじんもなかった！


全人類の崇拝の的だったはずの動物が、どうしてナゲットになってしまったのか？

ニワトリが地獄に堕ちるのはあっというまだった。第二次世界大戦後、米国政府は技術者たちをSFのような企てに駆り立てた。「未来のニワトリ《チキン・オブ・トゥモロー》」の開発だ。スポンサーが後押しする大規模なコンペティションが開催されたことで、さらに儲かるニワトリを開発しようとする最高レベルの研究所や大企業がしのぎを削ることになったのだ。バックランドのユートピアとはかけ離れたものだった。その目的は世界じゅうの人々の胃袋を満たすことではなく、多国籍企業を成長させつづけることだったからだ。この徹底的な科学的探究はありとあらゆる遺伝子を対象にした。そして優秀な品種間の巧みな交配のおかげで、新しいニワトリ、まさしく「未来のニワトリ」が誕生した。成長がとんでもなく速く、重さはこれまでのニワトリの8倍で、30倍の卵を産むことができる、生産性がきわめて高いニ

7

チキンとフライドポテト

ワトリである。通常、農家が育てるニワトリは成長するまでに200日かかり、10年以上も生きることがある。ところが、未来のニワトリは生後40日で食べられる。このニワトリはさらに大きな利益を生む特徴があった。その生産性が次の世代には受け継がれないのだ。つまり、養鶏家はつねに「未来のチキンレース」の勝者である4つの企業——今日もまだその4社独占は続いている——から雛を買いつづけなければならない。それは世界的な潮流となった。1960年代、地球上には5億羽のニワトリがいたが、いまは330億羽を超えるという。

ヴィクトリア女王の退場とともに、その戯れも幕を閉じた。かつてヴィクトリア女王があこがれていた「チキン」という言葉は、いまではジャンクフードを意味する。ファラオのお香やシャーマンの儀式に代わって、いまや油がしみこんだファストフードの紙袋が幅をきかせている。昔のシャーマンたちは、崇拝していたニワトリのこの時代の運命を知ったらどう思うだろう？　工場で生産され、証券取引所に上場され、トン単位で売買される、まさに「肉の鉱石」だ。

驚くことに、ニワトリは陸生の脊椎動物のなかでもっとも個体数が多くなった。にもかかわらず、かつてないほどの脅威にさらされている。家畜化されたニワトリの種《しゅ》の大部分が絶滅の危機に瀕しているのだ。「未来のニワトリ《チキン・オブ・トゥモロー》」と呼ばれる4種だけで世界じゅうの人間の数より多い。一方で、何百種ものニワトリがすでに姿を消している。生産競争ではナンバーワン以外は排除される。最適化されているという思い込みから種《しゅ》が均一化されていくのだ。フランスの国鳥である、絵に描いたように美しいガリアの雄鶏でさえ、工業化されたライバルによって消滅させられそうになった。幸いにも、この種《しゅ》に執着をもつひと握りの愛好家が残りわずかになった個体を守るために、フランス東部のブレス地方の自宅の庭で繁殖させるなど、あの手この手を尽くして奮闘した。この種《しゅ》が生き残っているのはこうしたいくつかの愛好家団体のおかげである。この特別な鳥に対して僕たちの祖先が抱いていた賞賛の心をいまもなお心に抱く人々。彼らは人間とニワトリのつながりを永遠なるものにしようとしている。

というのも、その結びつきもまた消えつつあるからだ。現代の生活で、食事の時間以外にニワトリと日常的にかかわっている人がどれほどいるだろう？　卵を光に透かして鮮度を見たり、ニワトリの羽をむしったりできる人はどれほどいるだろう？　僕たちは、ニワトリという何千年もかけて適応してきた遺伝子の豊かさ（それは気候変動に直面する将来、必要不可欠なものとなるかもしれない）を失うだけではない。世界に存在する人間のあり方を失うことにもなるのだ。それはまた、僕たちの人間性の一部を失うことでもある。子

7
チキンとフライドポテト

ども時代を思い起こさせる料理、農場の喧騒、羽の肌触り……。ノウハウも手際のよさも、習慣も失われる。ささみやもも肉に分けたり、ソリレス[*8]を奪い合ったり、叉骨《ウイッシュボーン》に願い事をしたり[*9]……といった伝統も失われる。だがそれらはすべて、失われた他のすべての伝統の、いわば後味のようなものだ。セキショクヤケイ（*Gallus gallus*）[*10]の巧妙な対話を書き表す方法はたくさんある。共同でつくりあげてきた歴史のページはすべて、人間の手とニワトリの羽根ペンとで書かれてきたものだ。

ニワトリの悲劇は、すべての家畜や農作物の悲劇でもある。地球上には押しつぶされそうなほどの個体数が存在するが、多様性は失われつつある。巨大企業による牧畜が気候に影響を与え、単一栽培《モノカルチャー》が世界じゅうに広がっている一方で、地域独特の家畜の種《しゅ》は次々と姿を消している。栽培植物の多様性の75パーセントがすでに失われ、今後20年以内に家畜の品種の3分の1以上が消滅する恐れがある。ノルマンディー地方の「ル・メルルロー」という種《しゅ》のニワトリもパリ近郊のヴィロフレーのインゲンマメも、シロナガスクジラやパ

＊8　腰骨の両脇についている肉。美味で知られ、フランス語では「ばかはそれを残す」という意味もある。
＊9　七面鳥や鶏を焼いたときY字の骨を見つけ、その両端を2人で引っ張り合って、割れたときに長いほうの骨をもっていた人の願いがかなうと言われている。
＊10　キジ科の鳥。家禽となったニワトリの原種。

ンダ以上に深刻な絶滅の危機に瀕している。そうした生き物たちとともに紡いできた歴史が音も立てずに消えようとしている……。

家族代々のレシピが忘れられてしまうように、そうした生き物もまた、そうとは気づかれないままに忘れられていく。ニワトリの骨から未来を読みとった人々の魔法を僕たちがすぐに忘れてしまったように。

それでももし、シャーマンがチキンとフライドポテトを僕たちと一緒に食べてみたら、これも魔法だと言うかもしれない。料理は記憶や感情をよみがえらせてくれる。それが始まりだ。皿の隅に潜んでいた生き生きとした物語の数々が、話を聞いてくれと訴えかけてくる。

それこそが、他の種《しゅ》を尊重し、より幸せな新しい共通の歴史に向かうための第一歩なのだ。食べ物に耳を傾けてみるだけで、魔法は再び現れるのである。

チキンとフライドポテトの魔力がまだわからないって？

それじゃあ、冷めないうちにフライドポテトを食べてみよう！

8

フライドポテト、もうひと皿

8

フライドポテト、もうひと皿

フライドポテトほど平凡な食べ物があるだろうか。厚くても薄くても、カリカリしていてもしっとりしていても、そこに隠された魔法に目が向けられることはほとんどない。ケチャップやマヨネーズが加わることもある。そんなフライドポテトのなかに賞賛に値する刺激的な生き物が隠されていると言ったら、突飛に聞こえるだろうか？　昔の人々がニワトリやその他多くの生き物を崇拝したやり方で、ありふれたジャガイモを崇拝しようなどとは、誰も思わないだろう。

しかし、ジャガイモは魔法の処方をその身に宿している。ベージュの羊皮紙のようなその皮に、秘密の暗号のように調和と完全性の鍵が刻まれている。「畑のドレス」をまといながらも、ジャガイモは、哲学者、芸術家、預言者が解き明かそうと苦闘してきた謎に対する答えを示してくれる。そして、その暗号を読み解くためには、まじまじとその目で見る必要がある。

ところで、ジャガイモの「目」といえば皮をむくときに一生懸命取り除こうとするあの黒い点だが、あれは実際にはジャガイモの「芽」である。その芽からジャガイモの茎が生えてくる。

さあ、ジャガイモと向き合ってみよう。ジャガイモには顔がある。芽が集中している部分が顔である。ジャガイモはそちら側から大きくなる。反対側は、小さなへそ状の傷跡が示すように栄養を運んでくれる茎にくっついていた。一方の側は過去につながり、もう一方は未来を向いているというわけだ。未来の側をよく見てみよう。そこに秘密の暗号がある。

メッセージはみごとに隠されているが、観察力のある人ならジャガイモの芽がランダムに分布しているわけではないと気づくだろう。まるで何かの手がかりでもあるかのように、芽は次々と続いている。その手がかりをたどってみよう。もっとも新しい芽はジャガイモの一番端にある。できたばかりの芽だ。少し年上の兄はその横にいる。それ以前にできた芽はさらに離れている……。できた順番に芽を結んでいくと奇妙な図形が浮かびあがってくる。驚くほど規則的で、完璧に均整がとれている長い螺旋形だ。

建築家ならその形に、ロアール渓谷のシャンボール城の螺旋階段や、パルテノン神殿のペディメント[*1]を思い起こすだろう。絵画が好きなら、ジャガイモの芽の並び方がモナリザの顔やボッティチェリの絵画と同じ比率であることに気づくだろう。画家たちはこれらの作品のなかで調和のとれた形を実現するためにインスピレーションと血のにじむような努力を必要としたが、実はジャガイモの手がかりをたどりさえすればよかったのである！

8

フライドポテト、もうひと皿

分度器でジャガイモを測ってみると、一つの芽、つまりジャガイモの塊茎の先端とその隣の芽とのあいだの角度はまさに１３７・５度となる。調和と美を生み出す数学的特性をもつ黄金角である。この角度で形成された螺旋は、近くから見ても遠くから見ても同じ外観をもっている。人間の目にはひときわ心地よい無限の印象を与えてくれるのだ。芸術家や数学者たちはずっと前からこの螺旋を崇拝してきた。

今日、ジャガイモはこの黄金律に従って葉の配置を最適化していることが知られている。芽がこのように並ぶことで、葉は最大量の太陽光を受けることができる。ジャガイモは光を求めることで美を見つけたのだ。

だから、僕のようにジャガイモの皮はむいたほうがおいしいのにと思っていたとしても、皮を残したままのフライドポテトを出すレストランの経営者にも寛容になろう。その皮にはウインクしている目が見えるからだ。その目とともに、世界の美をひとかじり味わってみよう。ヒマワリ油で揚げたポテトチップスなら、二かじりしてもいい。なぜなら、ゴッホの絵画を見てもわかるようにヒマワリの花びらやヒマワリの種《たね》もまた、黄金角に従っているからだ。

＊1　破風。建築物の正面上部に設けられる山形の部分。

ただし、要注意。お皿の中の生物の美しさを賛美しすぎると理性を失う恐れがある。フライドポテトをよく見ると、フライドオニオンに出くわしてしまうかもしれないのだ。繰り返すが、気をつけたほうがいい。この野菜を賛美するのは危険である。

タマネギ1個には植物の栄養器官がすべて詰まっている。タマネギには葉があり——いわばタマネギの「層」で、それぞれが茎につながっている——、下のほうには、料理のときには取り除かれ、それ自体が根に固定されている硬い輪がある。葉、茎、根。タマネギはたった一つの球のなかに一つの植物全体を集めている。まさに、原始的な球体に全体が凝縮された存在なのである。それはまた、世界の始まりだとも冬眠状態にある宇宙だともいえるだろう。水と光さえ与えられればすぐにでも育つが、めまいがするような秘密を隠しつつ待っているのだ。

1929年、オワーズ地方の修道士フランソワ・トマは、ル・アーヴルの市場でタマネギを買ったときにこのめまいに襲われた。タマネギを見たとたん啓示が訪れ、こう思ったのだ。神の国への鍵はこの球根にあるにちがいない！
修道士トマの魂はタマネギの無限の輪の中に永遠に閉じこめられてしまった。それ以後、彼はすべての人にタマネギの言葉を説いてまわるという聖なる義務を課せられた。彼が創設した《タマネギの崇拝者たち》という名の教派は、主催者の発表では4000人以上を、警察によると数百人を集めた。パリの地下室での秘密集会では、トマが満杯の木箱の前でひれ伏しているあいだ、信者たちが神聖な野菜の栄光を讃える賛美歌を歌った。残念ながら、この修道士は植物学者ではなかった。花を咲かせないように茎を切り落とすとタマネギがまた生えてくることに気づいた教祖は、このように「去勢」すれば植物に永遠の命が与えられると結論づけた。「去勢されたことでタマネギは芽を出し、ふたたび若返る。子どもをもてなくされたことで、ふたたび子どもになるのだ」彼はそう言ってタマネギの福音に熱狂した。「タマネギは完全な存在へと向かい、永遠に生きるだろう」。そこで、トマは信者たちにタマネギを手本として見習うことを勧める。去勢――そこまではできないならば禁欲――が、永遠の命に導いてくれる。この教派は結局、消滅した。信者に子孫がいなかったからである！

だが、犬のレオには教祖は必要ない。お皿に残った食べ物をこっそり投げてくれる金髪の少年こそが、レオにとっての唯一の神である。脂肪の味は奇跡が起きた十分な証拠だ。

しかし、レオは別のテーブルの何かを嗅ぎつけている。テラスのはずれの席からバイソンと草原の香りが漂ってくる。牛肉料理を注文した客がいるのだ。

9

カンボジア風
ビーフ・ロック・ラック

垂れ耳の起源がわかる

パリが燃え、そのにおいでお腹が減る

行方をくらました巨人が中華鍋の底に隠れている

9

カンボジア風ビーフ・ロック・ラック

危ないところだった。

もう少しでこの料理[*1]はメニューにのらないところだったのだ。そうなっていたら、アジア風のソースが塗られた牛フィレの薄切りを食べる機会など決してなかっただろう。今日もしこの料理を注文することができたとしたら——あるいはあなたの好み次第では、牛肉の赤ワイン煮、ステーキタルタル、[*2]リブロースステーキかもしれないが——、1万500年前のある日、人間が原牛《オーロックス》の群れに出くわしたという偶然の出来事のおかげである。

遺伝学の最新の研究によれば、現在のヨーロッパのすべての畜牛の起源は100頭に満たないオーロックスの群れだという。近東の平原ですれ違っただけで人類の運命を変えた80頭のオーロックス。その日の風向きが変わり、狩人のにおいが広がっていたら、オーロックスは逃げ出すことができていたかもしれない。あるいは、人間のほうがオーロック

＊1　ビーフ・ロック・ラックはベトナム発祥でカンボジアにも広がった牛肉料理。魚醤とトマトソースなどで味をつけた牛肉に米や野菜などを添える。

＊2　生の牛肉を叩いて挽き肉状にしてから塩とコショウで味付けし、上に卵黄をのせた肉料理。

スの恐ろしい角《つの》を前に意気をくじかれていたかもしれない。そうなっていたら、人類の歴史は違う方向に行っていただろう。

飼育する牛がいなければ、人類はおそらく別の動物と結びついていた。たとえば、ユーラシア大陸北部にいくつかの群れが残っていたケサイ。[*3]あるいは、古代ギリシャ世界の黎明期に地中海の島々に生息していた小型のゾウなどだ。

もしオーロックスが人間の思いどおりになっていなかったら、そして人間がおとなしいサイの群れに出会っていたら、メニューにはまったく違う料理がのっていただろう。サイのロック・ラックとサイの赤ワイン煮込みも最高《サイ》にうまかっただろうか？　子どもたちは「笑うウシ」[*4]ならぬ「笑うサイ」が描かれた包装にくるまれた、もう少し開けやすいチーズを味わっていたのかもしれないという淡い期待をしてみたくなる。反芻動物ではないサイに温室効果ガスをほとんど排出しないため、気候変動問題もいまとはちがっていたかもしれない。サイを家畜化する方向に進んでいたら世界がどうなっていたかを想像するのは難しい。しかし、サイがどんな姿になっていたかだけは、はっきりと言える。

人間によって家畜化されたケサイは、長く垂れ下がった耳と短い鼻、そして小さな頭をもっていただろう。白にまだら模様の毛皮を身にまとっていたことだろう。また、繁殖サイクルが季節に左右されず、恐怖心が薄れ、嗅覚も衰え、さらに近視になっていたと推測

9

カンボジア風ビーフ・ロック・ラック

される。人類が小型のゾウを選んでいたら、どうだったか？　ホラアナグマ[*5]だったら？　結果は同じだったにちがいない。

どの動物も人間に家畜化されると必然的に同じ特徴をもつようになる。飼育する種《しゅ》をつくりだすことを目的にある動物が選別されるたびに、同じ特徴が現れる。飼育されると、世代が進むにつれて耳は垂れ下がり、まだら模様になり、鼻面が短くなるのだ。

驚くべきことに、家畜化症候群とこの傾向は脊椎動物のすべてに起こる。ヤギ、ガチョウ、ロバ、イヌ、金魚など、どれも飼育されることでまだら模様になり、ウサギ、ヒツジ、ウシ、ブタといった耳のある動物の耳は垂れ下がる。

家畜化症候群の原因はいまだに魅惑的な謎のままだ。実験によると、きわめておとなしいキツネを選抜して交配させるだけで、自然と本来とは違う性質が現れてきた。しかし、現時点では家畜化に関連する遺伝子は特定されていない。すべては胚の発達段階に起こる

＊3　2万〜10万年前の大氷河時代の終わりにヨーロッパから北アジアにかけて広く分布していた大型で毛深いサイ。
＊4　フランスのベル社のチーズのブランド名「ラ・ヴァッシュ・キ・リ（La Vache Qui Rit）」は「笑うウシ」を意味する。
＊5　氷河期にマンモスなどと共存していた絶滅種のクマ。

のではないかと考えられている。きわめて従順な個体を選ぶということは、胚の発達がおとなしい性格をつくりだすホルモン活性を促すような、一定の段階に至っている個体を選ぶことにほかならないのだろう。こうした段階が、思いがけず垂れ下がった耳とまだら模様を同時に出現させるのだろう。

たとえ、新石器時代のあの重要な転機となった日に風向きの違いからオーロックスの群れが人間から逃げ出していたとしても、電車の窓からウシを眺めるのが好きな人が残念がることはまったくなかっただろう。というのも、その代わり、田園風景のなかで垂れ下がった耳をゆすりながらハエを追い払う白黒模様のサイの群れを眺めることができたにちがいないからだ。

家畜化されたサイのフリカッセ[*6]を想像するだけで、フランク・バックランドはよだれが出た。1850年代の終わりには、新しい家畜を食卓に取り入れるという彼の野望をかなえるための条件がすべてそろっていた。何度も留年を繰り返した後、ようやく医学の学位を取得したフランクは、近衛騎兵第2連隊の軍医の職を得た。楽な仕事だった。というのも、この連隊の唯一の任務はロンドン街頭をパレードすることだったからだ。たまに足を

9

カンボジア風ビーフ・ロック・ラック

捻挫した隊員を治療するだけで、他の時間は存分に自然科学と料理にのめりこむことができた。動物園で、天地創造によってもたらされたモモ肉、手羽先、あばら肉などおよそすべてを丹念に味わい、人類の胃袋を満たしうると思える種《しゅ》を日記に挙げていった。あとは発見を実行に移すだけ。彼はそのためのヒントを英仏海峡の向こう側から得た。

1854年、植物園のピスタチオの木の周りは大いに賑わっていた。ウシ、鳥類、ラクダや猛獣の鳴き声などが響きわたっている。制服に身を包んだ庭園の守衛たちが、穴の開いた箱から外国の動物を出すと木の周りを柵で囲った。僕らのピスタチオの木の周りには、キリン、バビルサ、[*7]ガゼル、カンガルーが次々とやってきては草を食んだ。柵と柵のあいだでは丸顔のフロックコート姿の小男が忙しく動きまわっていた。イジドール・ジョフロア・サン＝ティレール[*8]である。

ピスタチオの木はこの男のことをよく知っている。彼は小さい頃、この木によじのぼってはジャングルにいる自分を想像していた。ピスタチオもイジドールの成長を見守ってきた。彼の父は博物館で働く動物学教授であり、進化論の先駆者の一人として知られている

*6　肉を白いソースで煮込んだ西洋料理の一種。
*7　イノシシ科の動物。上顎を突き抜けて弓状に曲がって伸びるオスの犬歯が特徴。別名シカイノシシ。
*8　フランスの動物学者（1805－1861年）。フランス国立自然史博物館教授。

エティエンヌ・ジョフロア・サン＝ティレール[*9]だ。ピスタチオの木は、この高名な人物が、エジプトのムハンマド・アリー[*10]からフランスに贈られた、これまた有名な最初のキリンを動物園に持ちこんだときの民衆の歓喜をいまだに覚えていた。この動物学者はマルセイユから歩いて自らキリンを連れてきたのだ。植物園でエキゾチックな動植物に囲まれて育った息子のイジドールもまた偉大な科学者になり、父と同じように動植物は環境に適応して変化していくと考えていた。教授になったイジドールは当然のことながら、外国の動物をフランスに導入することで自分の理論を検証しようとした。そのために順化協会という団体まで設立したところだった。

イジドールはバックランドと同じ夢をもっていた。「家畜の種類を増やし、食料資源を増大させて多様化させる」というのが彼のもくろみだった。世界じゅうから動物を連れてきて、植物園の動物小屋で研究し、とりわけ見込みのある種《しゅ》をパリ西部の「順化園」と名づけた場所で繁殖させる。お気に入りは、8キログラムを超えるパタゴニアの巨大齧歯類マーラと南米のダチョウの一種、レアだった。これらの動物が未来の人間の食料になると考え、その順化計画について、ナポレオン3世[*11]、ブラジル皇帝、さらにはローマ法皇の支持までとりつけたほどだ。

9

カンボジア風ビーフ・ロック・ラック

この計画は、そのようすを英国から見ていたフランクの手本となった。フランス順化協会が設立された6年後、フランクはその英国版をつくることを決意した。彼は幻想を抱いていたわけではない。オーソドックスではない食材の調理に関して、英国人にはフランス人ほどの才能はないだろうとわかっていたからだ。彼はすでにパリで、すばらしい才能をもつシェフがカエルやカタツムリを調理して逸品に仕上げるのを目の当たりにしていた。ミントソース[*12]を何リットルかけようが、フランス人の料理には対抗できそうになかった。しかし英国人の調理技術の弱点は、植民地帝国の広大な規模によってカバーできるだろう。なにせ動植物の種《しゅ》という点ではフランスよりはるかに多いのだ。いずれ両国は、世界の人々の胃袋を満たすために補い合う関係となるはずだ。

1862年7月12日、英国順化協会が発足する。それを祝って盛大な晩餐会が催され、記念すべき料理が振る舞われた。バックランドならではの会食だった。彼は、やがてヨーロッパ人の食生活の一角を占めることになると確信している種《しゅ》を紹介した。まずはジャイ

＊9　フランスの比較解剖学者（1772－1844年）。
＊10　近代エジプト、ムハンマド・アリー朝の創立者（1769－1849年）。1805年、オスマン帝国によりエジプト総督に任命された。
＊11　フランスの第2帝政の皇帝（1808－1873年）。在位1852～1870年。
＊12　ペパーミントを原料にした、英国やアイルランドの伝統的なソース。

アントイランド。アフリカ南部に生息する大型のレイヨウで、友人の貴族がリバプールの近くで育てていた。この種《しゅ》は、ウシより盛大にミルクと肉を提供してくれる。コアラとイノシシの中間に位置するオーストラリアの有袋類、ウォンバットも希望の星だった。さらに思いがけない動物がこの計画を補完していた。アメリカのハイイロリスだ。一匹あたりの栄養価は高くないが、繁殖力がとても強く、つつましい家庭にも良質のタンパク質を供給してくれる。

白いテーブルクロスの上で、一皿一皿が未来の香りを放っていた。とろりとしたポタージュやブラウンソースのシチューが入ったスープ皿のあいだでローストした肉がパチパチと音を立てていた。中国産の仔羊の丸焼きやアマゾンのホウカンチョウ[*13]の串焼きもあった。たまらなくカリッとしていて、ウエイターは一人前を出すたびに自分でも2人前を食べていたほどだ。当時はまだ知られていなかった植物、アトラス山脈のサツマイモやアルジェリア産のセモリナ[*14]のおいしい料理——おそらく英国で初めて出されたクスクス——も添えられていた。

時代を先取りした大勝利だった。冒頭の挨拶で、フランクは動物界の美味な食べ物の大衆化に乾杯した。エキゾチックな動物たちが未来の農場を埋めつくし、英国の食卓を征服し、さらにはそこから全人類に「世界一の料理」を提供する。そのとき彼はすでに、そんな景色を見ていたのだ。

9
カンボジア風ビーフ・ロック・ラック

フランス順化協会の試みは、１８７０年にプロイセンがフランスに侵攻したときに劇的な終末を迎えた。１３５日間も包囲されたパリの街には食料不足に対処する準備ができていなかった。備蓄されていた肉はすっかりなくなっていて、人々はまずはウマやロバでしのいだ。その後は、ウサギやジビエと偽って売られていたイヌ、ネコ、ひいてはネズミといった怪しげな肉まで食べる羽目になった。ヴィクトル・ユゴーも「われわれは未知のものを食べている」と書いている。しかしそんな悲惨な状況下にあってもレストラン経営者たちは華麗さにこだわり、焼夷弾が飛んでくるなかでも繊細な料理を出そうとした。ドイツ軍の攻撃でパリのどこかで爆発が起きてはいるものの、アレクサンドル・ショロンやアドルフ・デュグレレといった偉大なシェフたちが活躍し、一方では饗宴の時代でもあった。フランス人の精神《エスプリ》を侮るなかれ。そうして、高級レストランは植物園に注目したのだ。

植物園付属の動物園の飼育員たちは戦況の悪化に気づき、英雄的な鉄道輸送隊の助けを

＊13　キジ目の鳥の一種。アメリカ大陸に生息する。
＊14　マカロニ・スパゲッティなどに適したデュラム小麦を粗挽きにしてふすま（皮のくず）を除いたもの。

借り、敵の包囲網をかいくぐって動物たちをブリュッセルの安全な場所まで運ぼうとした。しかし冬が来て、50万近いプロイセン兵に包囲されたパリから出ることは不可能になってしまった。動物園に残された動物たちを空腹が襲い、僕らの勇敢なるピスタチオの木も危うく動物たちの燃えるような食欲の餌食になるところだった。

1870年のクリスマスディナーは最後の晩餐だった。のちに定番料理となる「ネコのネズミ添え」の他にも「クマのリブステーキのペッパーソースがけ」、「カンガルーの赤ワイン煮込み」、「レイヨウのテリーヌ」といった料理がテーブルを飾った。フォブール・サントノレ通りでは、敵をからかう意味もこめてゾウの鼻が食べられていた。大砲がパリの街を破壊しても、フランス料理のノウハウは後世に残される。

こうして、順化計画は中断され、肉焼き器の煙のように蒸発し、プロイセン軍の攻撃を前に頓挫してしまったのだ。

1871年7月9日、郵便局員が灰色の仔牛が2頭入った大きなケージを届けにきたとき、動物園は閑散としていた。そのラベルには「畜牛　カンボジア　海軍省寄贈」とあった。このウシは間一髪で危険を免れた。もし数カ月早く上陸していたら、パリ包囲網の犠牲になっていたにちがいないからだ。仔牛が到着したときには平和が回復しつつあり、その奇妙な鳴き声は荒廃した公園の小道にささやかな明るさをもたらした。この2頭が変わった素性をもっていて1世紀半後に話題になるなどとは、当時は誰も想像できなかっただろう。

9
カンボジア風ビーフ・ロック・ラック

まずは物語の舞台を整えるためにビーフ・ロック・ラックの香りを嗅いでみよう。ときには人を旅にいざなう料理がある。醤油の香り、レモングラスの爽やかで魅惑的な風味。それだけで、僕たちの心はアジアの空気で満たされる。幻覚か、それとも旅の記憶か？どちらでもかまわない。少しずつ口に運ぶだけで異国の風景がくっきりと浮かんでくるのだ。たとえば、東南アジアの明るい森の上を飛んでいるかのように。苦労してたどりついた渓谷は、近代化の波にのみこまれずに残された最後の夢の避難所のようだ。そこでは、世界はいまだに魔法にかけられていて、たえず僕らを驚かせてくれる。

20世紀が幕を開けた頃、ヨーロッパの動物学者たちの発見の時代はすっかり終わったかのようだった。地図技術者たちの綿密な仕事によって地球全体が徹底的に調べられ、もはや食べ物として提供できる特別なものなど何もないと思われた。興味をもつに値する動物はきっともう見つけられている。海には未知の動物がまだ少し残っているだろうが、陸にはもういない。ともかく、１９１８年にインドシナからデュフォッセ博士の手紙が届いたとき、博物館にいる専門家たちはすっかりあきらめていた。だが、探検家のデュフォッセはカンボジアの人里離れた山々で猟を行い、その地域の哺乳類についての長い目録を出版していた。そのなかでデュフォッセは、これまで知られてきたどんな動物とも一致しない生き物の存在に手短に触れていた。彼によれば、巨大な闘牛とでもいうべき姿の反芻動物が「コムボット・チェック」と呼ばれる一帯に頻繁に現れ、住民たちはそれを伝説の動物として「森のウシ」を意味する「コープレイ」という名で呼んでいるという。デュフォッセ博士がこの動物について記載したのは、それがすでに希少になっていると気づいたからだった。早急に保護すべきであると当局に要請したのだ。

コープレイ

9

カンボジア風ビーフ・ロック・ラック

このニュースは大きな反響を呼んだ。科学的に未知の哺乳類だとすれば世紀の動物の発見かもしれない！　博物館の動物学者アキーユ・ユルバン*15は現地に向かった。獣医ルネ・ソーヴェル*16の協力のもと、何対かの角《つの》とカンボジアの森林で殺された個体の標本、さらには数カ月前に捕まえられたばかりの若いオスなどを観察できた。この種《しゅ》について記述するには十分だった。そこには驚嘆すべきものがたくさんあったからだ。

この新しい動物は巨大なウシで、体高は2メートル近かった。ヨーロッパのスイギュウやウシでも、ようやくそのへその部分に届くかどうかの高さだ。外見は優雅であるとともにこれまで見たことのないものでもあった。雌は赤みを帯び、雄は灰青色のすらりとした体。脚は真っ白でまるでストッキングをはいているようだ。何より驚くのは、その長い角だった。角の先端は繊維状にばらばらになっていて、先には房飾りのような不思議なものがついている。胸垂という、多くのウシ科の動物が共通してもつ首の下に垂れ下がる長いヒダ状の皮膚も特徴的だった。コープレイの胸垂はとくに発達していて、まるで胸にネクタイをしているように見える。こんな巨大な動物がこれほど長いあいだ人間に発見されな

*15　フランスの動物学者（1884‐1957年）。
*16　コープレイの学名*Bos sauveli*はソーヴェルの名に由来する。

かったのは、非現実的と思えるほどだった。コープレイは自然科学にとって新たな息吹きとなり、コープレイのおかげで冒険家には再び新たな夢を見る権利が与えられた。

しかし、発見の喜びもつかのま、デュフォッセ博士の予感通り、コープレイの個体数は減少のさなかにあった。コープレイは徹底的に狩られ、アジアの闇市場に流されていた。とりわけ、魔力をもつといわれる角は人気があった。正式に発見される前から、すでに絶滅の途上にあったのだ。1940年代の終わりにアメリカの動物学者がコープレイの個体数調査を行ったときには、わずか数百頭しか残っていなかった。

そして、もうひとつの災いが、この最後のコープレイたちに降りかかる。戦争だ。インドシナ戦争[*17]からベトナム戦争[*18]へと紛争は激しさを増し、戦場の中心はコープレイの最後の逃げ場所に移っていく。コープレイの生息地には、銃弾やナパーム弾がスコールのように降り注いだ。こうした地獄に身を置く兵士にとって、茂みの向こうにいる罪のないコープレイと待ち伏せている敵とを見分けることは不可能だった。生き延びるためには、少しでも疑いがあれば動くものはすべて撃たざるをえなかったのだ。

激しい戦闘にもかかわらず、数人の動物学者がコープレイを捕獲して安全な場所に避難させるための常識破りの探検を開始した。彼らはなんとか野生のコープレイに近づき、その姿を最初で最後の写真に収めた。この感動的な写真は、1本の木に半分だけ身を隠した

9

カンボジア風ビーフ・ロック・ラック

若い雌の怯えたまなざしをとらえている。保護隊はまた、自然のなかにいるコープレイを7分2秒にわたってじっくりとらえたカラー動画も持ち帰った。だが残念なことに、捕獲するのは撮影するより難しかった。何度試みても失敗に終わった。1975年、クメール・ルージュ[*19]の台頭によって探検は終わりを告げ、破滅的なゲリラ戦が拡大していく。4年後、その政権が崩壊したとき、コープレイはすでに姿を消していた。

それ以来、コープレイは噂されるだけの存在となった。1982年にクメール・ルージュの拠点近くで数体が確認されたが、発見者であるタイ人技術者は、あとを追いかけた際に地雷で重傷を負ってしまった。それ以来一度も目撃されたことがないが、いまだに絶滅種としては認定されていない。コープレイを国のサッカーチームのシンボルとしているカンボジア政府にとって、絶滅は受け入れがたいのだろう。だが1980年代以降、コープレイの捜索活動は、野生のダユ[*20]やネッシー[*21]、あるいは未知動物学の楽観的なその他の夢

＊17　1946年から7年間、旧フランス領インドシナの独立をめぐって続いたフランスとの戦争。
＊18　1960年代から10年以上にわたったベトナム統一のための戦争。
＊19　カンボジア共産党を中心とするカンボジアの革命勢力。1976年にポル・ポトを首長とする民主カンプチアを樹立した。
＊20　フランス人の一部が存在を信じているレイヨウのような姿をした未確認動物。
＊21　スコットランドのネス湖で目撃されたとされる未確認動物。

の存在を探しまわる調査と同じ結末をたどった。コープレイは、ピンボケの写真、数分のフィルム、何対かの角だけを残して姿を消したのだ。先端に神秘的な房飾りをつけた角は永遠に解けない謎となってしまった。

　それでも、もし植物園のピスタチオの木が話すことができたなら、「希望を捨てるな」と言ったことだろう。というのも、科学者たちがコープレイの存在を知る前から、ピスタチオの木は重大な出来事の目撃者になっていたからだ。いつかこの動物をまた見られるようにしてくれるかもしれない、そんな出来事である。だが、ピスタチオの木は話すことができない。そのため、人間たちがそのことに気づくのは２００３年になってからだった。

　動物学の教授であるミシェル・トラニエ[*22]は、ブールジュの博物館を訪れた際、ふつうとは違う均整の体つきをしたウシの剥製に目をとめた。その毛並みや垂れた耳から見て、そのウシはまちがいなく家畜化症候群の道をたどっていた。ところが、このウシは他のウシとは違った。とにかく背が高く、首の下には奇妙なほど長い胸垂が見られる。調べたところ、１８７１年に植物園付属の動物園に贈られた「カンボジアの畜牛」の２頭のうちの１頭だとわかった。死んだ後に剥製にされ、ブールジュに送られたのだ。興味を引かれたトラニエは、そのウシのＤＮＡを分析して驚いた。１８７１年に贈られた２頭は遺伝学的に見るとウシではなかったのだ。そのＤＮＡは別の種《しゅ》、そう、コープレイのＤＮＡとみごとに一致した！

このように、ヨーロッパからの入植者が「発見」する前から、クメール人[*23]はコープレイを家畜化していたのだ。家畜化症候群はその外見を完全に変化させた。白いストッキングをはいて房飾りつきの角を掲げていた誇り高きコープレイは、ありきたりな家畜の外見となり、ウシの群れに紛れこんでしまった。この「変装」のせいで2頭のコープレイは、博物館の科学者たちによって種《しゅ》として正式に発見される前から、気づかれないまま博物館にいたのである。

この発見によって、古代のクメール人が並外れて大きなウシをレリーフとして彫っていた理由がわかった。それはウシではなく、コープレイだったのだ。寺院を調査したところ、10世紀、アンコール朝[*24]の時代から、この家畜化されたコープレイがふつうに飼われていたのではないかと考えられるようになった。ロック・ラックからボブン[*25]に至るまで、あの一帯の「牛肉」料理は、はじめはコープレイの肉の調理法として考案されたのだろう。ウシがだんだんと、群れにおいてだけでなく皿の上でも、そのいとこともいえるコープレイに

＊22　フランスの動物学者（1945-2022年）。
＊23　カンボジアの主要構成民族。
＊24　9世紀から15世紀まで栄えたクメール人の王国。
＊25　細い麺に牛肉や野菜などをトッピングするベトナム風の麺料理。

代わっていったのだろう。しかし、1871年当時はコープレイがまだカンボジアの家畜の一角を占めていたのだとすると、いまでもおそらく生きのびているのではないだろうか？　いまこの瞬間、カンボジアのどこかのキッチンで煮こまれているのかもしれない！

この発見は、コープレイという種《しゅ》について希望をもたらした。

家畜化症候群は元に戻すことができる。栽培されたライ麦が野生に戻ることができたように、家畜化された子孫を適切に交配することで、コープレイを自然のなかによみがえらせることができるかもしれない。そのためには、見た目はたしかにウシに似ているが遺伝子の解析によってコープレイであると特定できるような、飼育されている個体を見つける必要がある。急がなければならない。他の地域と同じように、アジアでも地域に特有の家畜は急速に消滅に向かっているからだ。

このアプローチ法が成功するかどうかはわからないが、夢のある試みといえるだろう。ヨーロッパでは同じやり方でオーロックスを復活させつつある。「すべてのウシの母」と呼ばれるオーロックスは、その80頭から現存するウシのすべての種《しゅ》が生み出されたといわれているが、現在は絶滅している。最後の群れも1627年に、その時代のウシたちのあいだで流行った伝染病によってポーランドの保護地域で消えてしまった。

これまでのところ、いくつかの動物園で見ることができる「復元された」オーロックスは原種とはなんの関係もない。原始的な見た目のウシをかけあわせることでできたもので、

DNAはまったく考慮されていない。遺伝学的には偽物のオーロックスとでもいうべきものなのだ。

しかし現在では、DNAシーケンシング[*26]のおかげで、身体的特徴ではなく対立遺伝子にもとづいて交配が行われるため、ラスコー洞窟の原初のオーロックスを再び見られると期待できる。家畜の生物多様性を保護するためのさらなる理由がここにある。そこには、世界の記憶の一端が隠されているのだ。

今日僕らの皿のなかで薄切りの野菜と並んでいるのは、シンプルな牛肉だ。オーロックスでも耳の垂れた家畜のサイでもない。フランク・バッククランドにとっては残念なことに、リバプールで育てられた南アフリカ原産のレイヨウでもない。

動物の順化というフランクの夢はお粗末な結果に終わった。パリの順化協会の喜劇的とも悲劇的ともいえるような終わり方よりもひどいものだった。

＊26　アデニン（A）、チミン（T）、グアニン（G）、シトシン（C）からなるDNAの塩基配列を決定すること。

順化計画の動物たちはフランクの手に負えなくなったのだ。トウブハイイロリスは脱走した。リスたちは、いまでも観光客がリスに餌を与えるかの有名なハイドパークを手はじめに、ロンドンの森を占領していった。誰もリスを食べようなどとは思わなかった。

ウォンバットはもっとひどかった。ウォンバットは、流行の最先端の芸術家集団、ラファエル前派[*27]のマスコットとなった。この運動のリーダー、ダンテ・ガブリエル・ロセッティ[*28]はこの有袋類に夢中になり、その丸い顔と完全な立方体の糞をする能力――科学で説明できるようになったのはようやく2018年になってからだ――にとんでもなく魅了された。仲間の二流画家たちは彼に追従した。彼らはウォンバットをペットにしたが、フランクががっかりしたことに食材ではなく絵の題材にしただけだった。ラファエル前派の人々はウォンバットが大好きで、毎回絵を描く前にウォンバットをデッサンしていた。そして、ボッティチェリとアール・ヌーヴォー[*29]の中間のようなスタイルで描かれた神話的な人物といった、より真面目な題材をウォンバットの上に描いた。下に隠されたウォンバットは、ラファエル前派の成功にはたして貢献したのだろうか？　いずれにせよ、東京からシカゴまで世界各地の美術館で、ウォンバットのスケッチの上に描かれた作品を鑑賞することができる。しかし、ウォンバットのフィレ・ミニョン[*30]はどこのレストランに行っても味わうことはできない。

ジャイアントイランドは、ヨーロッパの冬に適応できなかった。動物の順化の原則はだ

9

カンボジア風ビーフ・ロック・ラック

んだんと崩れ、ダーウィンによる新しい理論が支持されていく。進化は、種《しゅ》というレベルで世代を追って行われるものであって個体が気候にいきなり適応することによって実現するわけではないという理論である。フランクは、苦渋を感じながらこの理論が正しい証拠を生涯をかけて見てきたにもかかわらず、それを心からは受け入れられなかった。あまりに信心深かったのだ。

さらに残酷な運命が彼を待っていた。あらゆる大陸に支部が置かれていた順化協会が、他の土地から来た動物を自然環境に放ちはじめたのだ。オーストラリアでは、ウサギが入ってきたとたんに、24羽だった個体がわずか5年で数十万羽にまで増え、農作物の収穫期に混乱の種《たね》を蒔いた。アメリカ大陸では、ヨーロッパスズメがニューヨークの街路を埋めつくし、地元の順化協会の責任者は大喜びで、スズメの仲間のアトリやムクドリを輸入する準備さえしていた。

生態系という概念はまだ明確な形をとっていなかったが、フランクは、魔術師見習いの

*27 1848年に英国で結成された若い芸術家のグループ。
*28 英国の画家、詩人（1828-1882年）。
*29 19世紀末から20世紀初めにフランスを中心にヨーロッパで流行した芸術様式。植物模様や流れるような曲線が特徴。
*30 ヒレ肉を厚く切った小さめのステーキ。

ように自然の均衡をもてあそぶことは自分の目的に反すると自覚していた。情熱的なさまを装って宴会を催しつづけながら、心の底では彼の夢は大きな打撃を受けていた。なんとか新たな展開にもちこまないと……。彼はそれまでになく元気を取りもどす必要があった。そのためには、スコットランドで釣りをするのが一番だった。

10

サーモンのユニラテラル

卵がかえって稚魚になり、
バックランドはサケになる

ピンクと茶色が同じ旅を語る

それでも、サーモンは料理として供される[*1]

10

サーモンのユニラテラル

石と石のあいだに日の光を反射させながら川は流れ、フランクの考えもあちこちに流れていった。ときどきはかない夢が頭に浮かんでくるが、すぐに渦に流され、別の考えにとらわれる。だが、それもまたすぐに運び去られてしまう。打ちくだかれた希望、誰も食べようとしなかったウォンバット、北欧の飢饉、冬を越せないにちがいないリバプールのレイヨウ……すべてが水の流れのなかに現れては消える。そしてフランクは、飽くことなく上流に向かって釣り糸を投げた。

サケのフライフィッシング[*2]はまずもって精神修養である。ベルトコンベアのような川面を凝視し、流れの速さにきっちりと視線を合わせ、水と一体化させなければならない。透明な水の中に魚の影を探すには、パートナーと踊るダンサーのように目も心も水と同じリズムで波打ち、渦を巻き、動いていかなくてはならない。釣り糸をちょうどよい速さでサケの近くに投げるには、その方法しかないのだ。

＊1　ユニラテラルはサケの皮を下にしてフライパンで片面だけ焼く料理。
＊2　フライ（長い針に羽根などをつけた擬似餌）を用いた釣り。

サケが川で釣り針にかかる理由は誰も知らない。サケが淡水へと戻ってくるのは繁殖のときだけで、そのときは消化器官が消滅し、卵や精子にその場所を譲る。したがって、餌を食べることはできなくなる。莫大な労力を要する旅を終えて命をつなぐには、海で蓄えた分だけが頼りなのだ。それなのに、ときにサケはなぜか繊維や羽根でできたフライを飲みこんでしまう。攻撃性による条件反射からだろうか？　子ども時代を過ごした川で食べたおやつや海のごちそうへのノスタルジーのせいだろうか？　フランクは、サケがどこか自分に似ていると考えるのが好きだった。快楽主義者で、楽天家で、いつだって新しい味に興味津々。そこで、フランクは釣り糸の先に、何にも似ていないようでいて何もかもに似ているような独自のレシピに似せたルアー《ダビッドソン》をつけていた。釣り針についていたのは、セキショクヤケイの羽根、キジの縞模様の尾羽、ホロホロチョウの目玉模様の羽根……といった、不思議な昆虫と海の怪物をかけあわせたような代物だった。自然のなかでこんなものに出会ったら、フランクならまちがいなく食べてみるだろう。だとしたら、サケもまたそうするのではないだろうか。

あの日に何が起きたのか、正確なことはわからない。だが、いつもはだらだらと長い日記を書くフランクが、その日は外出の結末をたった一文で表現している「自分にとって初めてのサケ――人生で最高の日」

一方でこの出会い以後、フランクは自分が人類の胃袋を満たすすばらしい生き物を見つけたと確信した。

以後、フランクの計画は新たな方向に向かった。レイヨウやウォンバットが英国の食卓にのぼるかどうかはどうでもいい。サケを育てなければならない。フランクにとって、そのことは明らかだった。サケは陸の世界と海の世界の最高の組み合わせだ。2つの世界の境界をまたいで移動することができるサケは、遠くの海からエネルギーを引き出し、田園のただなかまで運んでくる。いったいどんなふうにしているのかは謎に包まれたままだが、だからこそ期待がもてた。サケのライフサイクルについては十分にはわかっておらず、大発見が予想された。そうした理由だけではなく、サケの美しさ、力強さ、人間の理性では計り知れないつながりによって、フランク・バックランドにとってサケは魅惑的な存在となった。

家に帰るとすぐに、この博物学者は魚類の卵の収集と育成にとりかかった。まずは、最初に見つけたテムズ川のパーチ[*3]の卵を洗面台で孵化させた。フランクは多くの文献を読み、「養殖」と呼ばれる新しい技術について意見交換できるような情熱のある人々による広大なネットワークを形成するためにヨーロッパ各地に手紙を出した。とりわけアルザス地方のユナングにナポレオン3世によってつくられたばかりの養魚場は、レマン湖と南仏のブラウントラウト*4の卵を湿った苔に詰めて送ってくれた。フランクはすぐにキッチンの流しでその卵を孵化させた。

育てるためのサケの卵を見つけるのは、はるかに難しかった。サケは初冬にしか繁殖しないため、産卵するサケを求めて、果敢にも水温が摂氏5℃にも満たない水中に探しにいかなければならなかった。だが、歩くたびにクレームブリュレのキャラメルを割っているような感覚を味わいながら半分凍った小川のなかを探しまわる苦労など、まだ序の口だった。もっとも大変なのはサケを見つけることだった。フランクは産卵場をいくつも回ったが、サケを捕まえることはできなかった。行く先々で人々に聞いてまわると、誰もがそう遠くない昔の話をしてくれた。サケが何千匹もいて、かがむだけで捕まえられたとか、サケを肥料として使ったとか、食事にサケを出すのは週4回までにしてほしいと雇い主に交渉したとか、そんな時代の話だ。しかしどこでも、そんな時代はすでに過ぎ去り、何十年も前からサケが戻ってこなくなったと言われた。

フランクが予感していたように、タイセイヨウサケ（*Salmo salar*）は非凡な生き物で、何千年にもわたってヨーロッパの人々を存分に養ってきた。パリのように、その回遊のルート沿いに住みついた漁師たちによってできた都市がいったいいくつあっただろう？サケが大挙して遡ってきたことによって救われた中世の飢饉がどれほどあっただろう？そうした奇跡を神に感謝するための教会がいくつ建てられたことだろう？　サケこそ、フランクが見つけたがっていた神の贈り物だった。だが、それも昔の話だ。博物学者フランクが生まれる少し前から、サケは姿を消しはじめていた。

順化協会での冒険的な試みによって、人類の胃袋を満たせる資源がどれほど減っていて、いまやどれほど貴重であるかを学んだフランクは、川で展開されているドラマの重要性を十分に理解した。彼の繁殖計画に意味があるとすれば、それはまずヨーロッパにサケを再導入することだろう。卵を採取し、すべての稚魚が生存できるような安全な場所で孵化させる。その後、老人たちが懐かしみながら語っていたような大きな群れになって戻ってくることを期待して、川に放つ。フランクは大きなたも網を手に産卵場を歩きまわった。顎髭に霜がつくほど寒かったが、そういう希望が彼の体を温めた。ついに一組のサケを捕らえることができたとき、フランクは、びっしりと並んで川を遡る銀色に光る魚のようすを

＊3　スズキ目ペルカ科の淡水魚。
＊4　ヨーロッパ原産のサケ科の淡水魚。

夢想した。暴れるサケの光る体を抱きしめて「おとなしくして」とつぶやきながら、バケツに何百というオレンジ色の真珠を集めた。そして、こう言った。「君たちを救うためなんだよ」

誰もがイクラを好むわけではない。口の中で小さな泡が破裂するときの脂っこく塩辛いスリル感が好きな人もいれば、その意外性だけが過大評価されているとみなす人、さらにはにおいが不快だと感じる人もいるだろう。一方、フランク・バックランドにとってはめったにないことだが、イクラは食べ物以外の何かを連想させた。生命の奇跡だ。フランクは、サケの全存在がこのちっぽけなひと粒に凝縮されているという事実に魅了された。

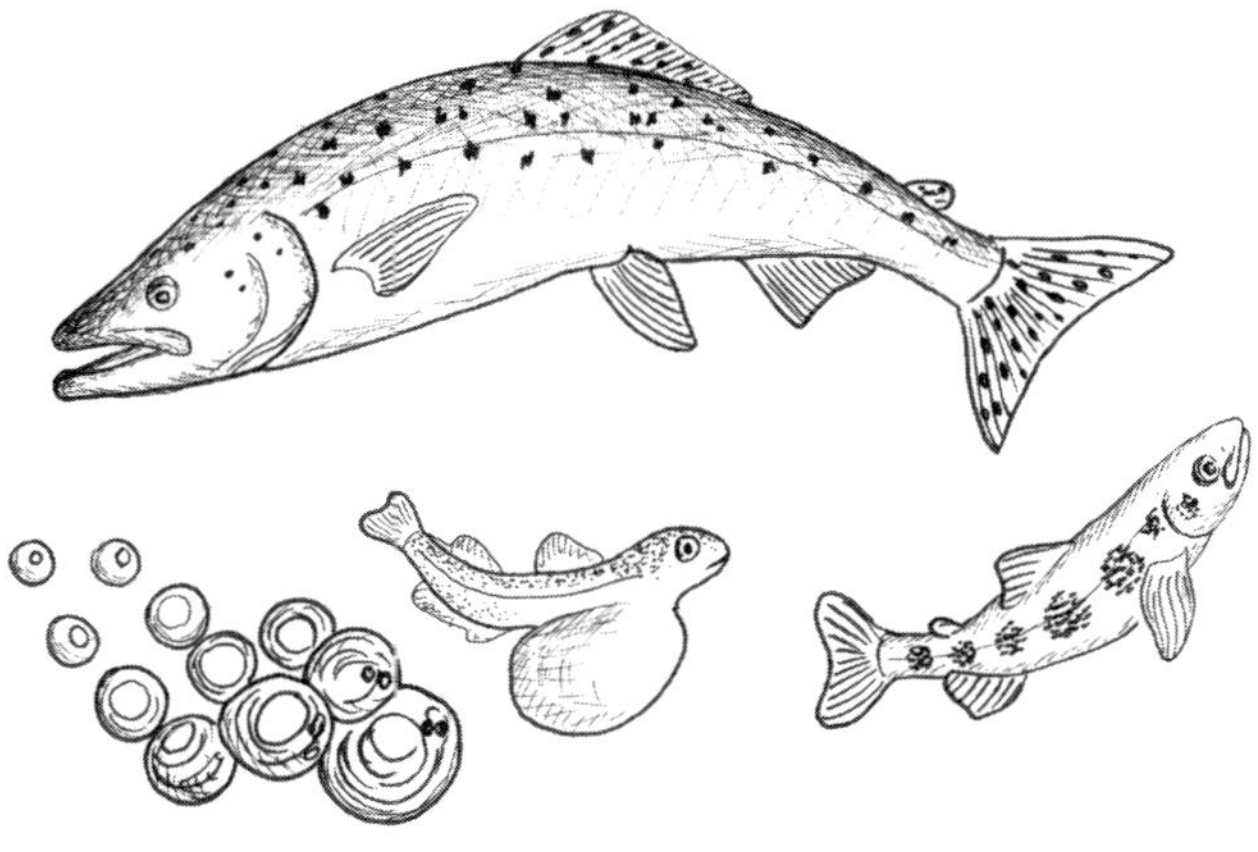

タイセイヨウサケのライフサイクル

10

サーモンのユニラテラル

ブリヌイ[*5]に並んでいるイクラは、実は未受精卵である。秋の終わり、1匹の雌のサケが砂利の巣に数千個の卵を産むと、雄がやってきてその巣に精子をまく。僕らが食べるタルティーヌ[*6]の上にあるイクラにも、胚に栄養を与えるための緋色のしずく――卵の「黄身」に当たる――を見てとることができる。サケの稚魚はそのそばで成長し、孵化後も数週間、まるで小学生がおやつをリュックサックに入れて持ち歩くようにこの卵黄を持ち運ぶ。

フランクが驚いたことに、このゼラチン状の小さな玉に雄の精子を混ぜると、卵子に突然、生命が宿った。それは、料理におけるシンプルな動作にすぎなかった。流しで2つの不活性な成分を手で攪拌《かくはん》する。それだけで生命が生み出されたのだ。

数日後、蛇口から出る水道水の下だけでなく、浴槽や2つの洗面台、さらには地下室にある何十もの洗面器の中で小さなカプセルに包まれたサケの胚が動きだした。

最初のうちはほとんど生きているようには見えなかった。半透明の卵の群れのなかで未受精卵はむしろ浮いている存在だった。しかし、少しずつ原始的な形が見えはじめた。ヒレの輪郭が現れ、次に目が認められ、その後、ぴちぴちと震えたのだ。フランクは昼夜を

*5　ロシア料理。そば粉入りのパンケーキ。
*6　スライスしたパンに具材をのせたフランス風のオープンサンド。

問わず卵を孵化させた。そして、水温、水流、砂利の大きさなどすべてを記録した。胚が呼吸するためには下に敷きつめた砂利のあいだを水が循環する必要があるとわかり、そのための特別な箱を設計した。捕食者の昆虫が侵入すると、自分の巣を守るように卵を守った。3カ月後、ついに最初の卵がかえったときに彼がどれほど感動したかは想像に難くない。

稚魚は卵黄嚢《らんおうのう》が重いために、最初はほとんど動かなかった。自由に泳げるようになると、フランクは稚魚をどこにでも連れていった。そして、ロンドンの名士たちに誇らしげに紹介した。『ザ・フィールド』紙に始まり——同紙はその後毎週、稚魚のニュースを載せてくれた——、王立協会のシンポジウムや社交界の晩餐会、ひいてはかの有名なドッグショーにまで赴き、おそらくコーギーにうんざりしている英国皇太子に稚魚を称えてもらった。「うちの若いサケたちは野生の仲間に会ったらきっと、これまで経験したことをいろいろと語ってきかせるでしょうねえ」とフランクは皇太子に向かって冗談を言った。

最初のサケの稚魚を川に放流させようとためらいがちに手を開いた瞬間、フランクは恍惚感にとらわれた。何カ月にもわたって挙動のすべてを細かく観察してきた稚魚たちが自分のヒレで泳ぎ出したからだ。この魚たちはフランクの人生に入ってきた。いや、フランクが彼らの生活に入りこんだのだ。サケを誕生させた以上、後戻りはできない。フランク

10

サーモンのユニラテラル

は命を生み出したことに責任感を覚えるようになった。放流されたサケたちの物語の続きを知らなければならない。サケはどこに向かうのか？　どのようにして海の環境に適応するのか？　とりわけ、なぜ戻ってくる個体はこんなにも少ないのか？　それからのフランクは、稚魚たちのようにサケの群れの一員になった。養子たちを見知らぬ世界に放ったままにはできなくなったのだ。

そんな折り、フランクの仕事ぶりはバッキンガム宮殿にまで伝わり、彼は王室養魚《インスペクター・オブ・》監督官《フィッツシュリー》に任命された。その使命は、宮殿の金魚の健康維持とともに、英国全土のサケの個体数を調査することでもあった。フランクはサケのライフサイクルを継続的に追いかけ、サケをよりよく理解するために自分もサケになりきることにした。

サケの皮はぱりぱりで塩味が利いている。片面焼きのいいところだ。ここでもまた、いろいろな食べ方の人がいる。いきなり皮を味わう人、何があろうとけっして手をつけない人、同じく脇によけておくが最後のお楽しみにとっておく人などなど。しかし、細部をじっくり観察する人はほとんどいない。

魚の皮膚には鱗があるが、それは秘密の日記のようなものだ。フランクと同じようにサケも自分のことを記録に残すが、インクと紙がないために鱗に記録する。鱗は一つ一つ、何年もかけて木の幹の年輪と同じように同心円状の輪に成長する。そして、生まれてからそれまでの出来事がすべてそこに刻みこまれる。海で過ごした厳しい冬、淡水で過ごした恋の季節……。輪を一枚一枚見てみるとその個体の履歴がくまなく読みとれるのだ。

　魚の側面の鱗の上には点線が引かれている。側線だ。これは単なる飾りではなく、一つ一つの点が水の流れを測るセンサーになっている。飛行機の機首についているピトー管（流速計）と同じ原理である。側線のおかげで、サケは暗闇のなかでも自分が泳ぐ速さがわかり、その目で確認できなくても、水中を移動するだけで仲間や障害物、獲物や捕食者を見つけられる。また、淡水を遡るときには側線が流れの強さを計算してくれるので、最適なコースをとることができる。

　フランクもまた水の流れを感じていた。腰まで水に浸かり、ずぶ濡れのツイードの服に窮屈な思いをしながら、アイルランド西部の港湾都市ゴールウェイのダムの下流の水たまりで30分も奮闘していた。自分で確認し、自分自身で感じたかったのだ。滝はそれほど高いわけではないが、その下にはたくさんのサケがじっとしている。だが、流れは速かった。

10

サーモンのユニラテラル

流れに足をすくわれたフランクは支えを探した。すると足を踏みはずして、後ろに倒れた。川は、水を飲みこんでしまって悪態をついているフランクを数メートル下に吐き出した。

体勢を立て直したフランクは、自分はサケだと想像しながら再び滝へと向かった。目を閉じ、深く息を吸い、下流のいくつもの罠や網をくぐりぬけてそこまでたどりついた自分を称えるところを想像した。そして、「上流で待ち受ける愛の営み、命を誕生させてきた澄みきった水の中の秋の穏やかさ」に思いを馳せた。鱗とヒレが生えてきたと感じながら、改めてダムに向かう。勢いをつけて数メートル進んだところで、かたくなな水の塊にふたたび押しとどめられた。足下の砂利が崩れ、サケとなったフランクはまたよろけた。そして、想像力あふれる筆致で「雷雨の後の側溝に浮いた木っ端のように」流されていったと日記に書いている。

ゲール人たちが爆笑する声にフランクは我に返った。「バックランドさん」その地域の漁業監視官が笑いで身をよじりながら言った。「あなたはこの川で断然でかいサケですよ、見たことないくらいでかい！　もうちょっとでかかったら釣りざおを取りにいってたところだ」だが、フランクにとっては笑い話ではまったくなかった。自分がダムを越えられなかったということは、サケたちもまた越えられないことを意味しているからだ。

サケの切り身を味わう前に、ほとんど何も切ることができないのになぜかかたくなに提供される奇妙なフィッシュナイフで少しだけ切りとってみよう。それを見るとわかるように、サケの肉は陸上の動物の肉のように均一な色はしていない。切り身のほとんどの部分はピンク色だが、皮に近い部分は茶色だ。この2つの色がサケの旅の原動力なのである。

他の魚と同様、サケにも2種類の筋肉がある。赤茶色の筋肉は巡航速度で泳ぐといった規則正しい運動のためのものである。こちらの筋肉には糖分や酸素を供給する血液がつねにめぐっていて、毛細血管があるため濃い色になっている。この筋肉のおかげで、サケは眠っているときでさえ泳ぎつづけたり、流れに逆らって前に進んだりして、長旅を難なく成しとげることができるのだ。

美食家はこの濃い色の部分をあまりありがたがらないが、彼らにとって幸運なことに、サーモンの切り身のほとんどはピンク色のもう一つのタイプの筋肉でできている。大半の魚ではこの筋肉は白いので「白筋」と呼ばれているが、甲殻類をよく食べるサケの場合はオレンジピンク色である。まさにターボ・チャージャーの役割を果たし、この筋肉のおかげで、障害物を飛び越えたり、捕食者から逃れたり、獲物を捕らえたりすることができる。

10

サーモンのユニラテラル

白筋は、自ら蓄えていたグリコーゲンをエネルギー源としているので蓄えがなくなると硬直化してしまい、エネルギーを再びチャージするのに時間がかかる。そのため、緊急時に備えて一度に数秒しか機能しないようにできている。しかし、そうした急加速は魚が生きのびるためには必要不可欠なため、この筋肉が魚の体重の大部分を占めている。こうした2つの色の筋肉を原動力として、サケは北極海の凍った海を1万キロ以上も泳ぐこともできれば、数メートルの障害物の上を跳びこえることもできるのだ。

測定結果に疑いの余地はなかった。フランクは飽くことなく、これまで調査してきたすべての川で自らサケの旅を行った。携帯用機械時計《クロノメーター》を片手に、もう片方の手で堤防の下に隠れている魚たちの鱗のある冷たい腹を撫で、その鼓動のリズムを数えた。腰には秤をつけ、急流にいる大きなサケにつきまとい、そのサケの泳ぐ力と持久力を計測した。サケの流れを遡り、砂利でできたサケの巣の中で夢を見て、サケの目の水晶体を片めがねのように装着し、サケのように世界を見ようとした。あらゆるところで水の味を確かめたことで、サケはにおいによって帰ってくる道を見つけられるのだと気づいた最初の一人となった。生理学者たちがそれを証明する100年も前のことである。フランクは潜り、探り、感じ、記し、計算した。すべての調査は同じ結果を示していた。つまり、サケが川を遡上しないのは、もはや遡上できないからなのだ。

産業革命によって、川からできるだけのエネルギーを引き出すために流れがせき止められてしまった。どんな支流も蓋のされていない下水道に変えられてしまった。あちこちにつくられたタービンや水車が回遊魚たちの道に立ちふさがり、魚たちは河口に達しただけで、吐き気を催すような廃棄物のせいで弱ってしまっている。有機物によって砂利のあいだの空間がふさがり、卵も呼吸できなくなり、水の味も変わり、サケが戻ってくる手がかりは失われている。

河川に何千匹もの稚魚を放流するだけでは十分ではない。サケがいつか戻ってくるという希望をもちたいなら、河川をサケがすめるようにし、解放し、きれいにしなければならないのだ。

そこで、フランクはあらゆる戦線に立って闘いはじめた。フィールドでは、河口から源流まで水中を歩きまわり、サケの視点に立って何が回遊の障害となっているか診断した。そして、ドン・キホーテさながらに水車を襲撃し、所有者を買収して解体させたり、魚のための水路を設けさせたりした。とんでもない行動力で資金不足を補い、葉巻とウイスキーを大量に買いこんで、態度を決めない人々の説得に励んだ。頑固な地主を遊び心の力で味方につけられることを期待して、サケに「回れ右」をさせるユーモラスな張り紙をダムに貼りつけたりもした。こうしてフランクは年に20カ所以上の川を訪れ、何十もの障害物を取り除き、自分のキッチンで孵化させた3万匹もの若いサケを放流した。

　それでも足りなかった。戦線から戻ったフランクは今度はロンドンの政界で闘った。時代に先駆けて警鐘を鳴らすジャーナリストとして、心をゆさぶる語り口でサケの不幸について語り、この貴重な魚が自分に打ち明けた秘密やサケの立場に身を置いたときに感じたことを存分に伝えた。話をわかりやすくするために石膏でサケの模型をつくり、意思決定者であろうが一般大衆であろうが、前菜の薄い切り身という形でしかサケに会ったことのない人々にサケの美しさを伝えようとした。すると、熱心なロビー活動が功を奏し、汚染と密漁を取り締まる法律がいくつか採択された。そして上院を出るや、フランクはまた別の川を解放すべく列車に飛び乗った。これこそがライフワークだと思っていたフランクは、全身全霊をかけて取り組んだ。その結果を見届けるには人生は短すぎるということもわかっていながら。

今日も地球のどこかでサケが川を上っているのは、大いにフランクのおかげである。この博物学者は、サケの保護に必要な生態学的課題についてすべて理解していた。生息地の修復、水流の連続性の確保、生態系の監視……。彼は自分のビジョンを地球のあちこちに浸透させることに成功した。英国でサケが遡れる最後の川が生き残ったのは、まさに彼のおかげにほかならない。

フランクの仕事がヨーロッパ大陸に伝わったのは、かなり後になってからだったので、最低限の資源保護しかできなかった。しかし、大西洋の反対側では、フランクのアイデアはよりよいタイミングでもたらされた。米国やカナダでは河川の保護が間に合ったため、アラスカのサケは今日もなお豊富でよく管理されている。つまり、サケを真に持続可能な形で食べつづけることができているのだ。

残念なことに、フランクが推し進めた養殖における革新は好ましくない目的にも利用された。順化計画と同様、養殖の目的がどんどん脇道に逸れていった。フランクはサケがまた川にすめるようになることを目指して卵を孵化させたが、その1世紀後、実業家たちはフランクの発明をケージのなかでサケを大量に養殖するために利用した。きれいな川、飢餓との闘いといった夢とはまるでかけ離れ、今日では、海も川も知らないサケの入った寿司を昼夜を問わず好きな時間にクリック一つで配達してもらうことができる。自然から切り離され、プラスチックの槽の中で浮動蓄電池[*7]のように育てられ、もはや悲しい大量生産品となったサケたちは、養殖場が原因の水質汚染で野生のサケの存在を脅かしてさえいるのだ。

フランクは幸いなことに、1960年代に始まった、迷走する現代のこうした狂気をまったく目にすることはなかった。自分が放流した川に、その「自分の」サケがついに戻ってきたと知ったとき、彼は飛びあがって喜んだ。生まれるところを見届けた魚たちが、秋の紅葉《こうよう》のように忠実なすらりとした金色の魚たちが、6年前にただ手を開いて放したのと同じ流れで泳いでいるのだ。フランクは、自分のキッチンで始まったサイクルが閉じるのを見て幸せだった。だが、このサイクルの大部分は謎に包まれたままだ。6年間の旅のあいだ、サケに何が起こっていたのだろう？　その無言の秘密が何よりも彼の興味をそそった。そのためにはサケをさらに遠くまで、サケが姿を変えて視界から消えてしまうような、目には見えない深みまで追いかけなければならない。つまり、海までだ。

＊7　蓄電池に充電器を並列接続し、つねに充電状態を保つようにしたもの。養殖のサケは空腹にならないよう餌を与えられつづける。

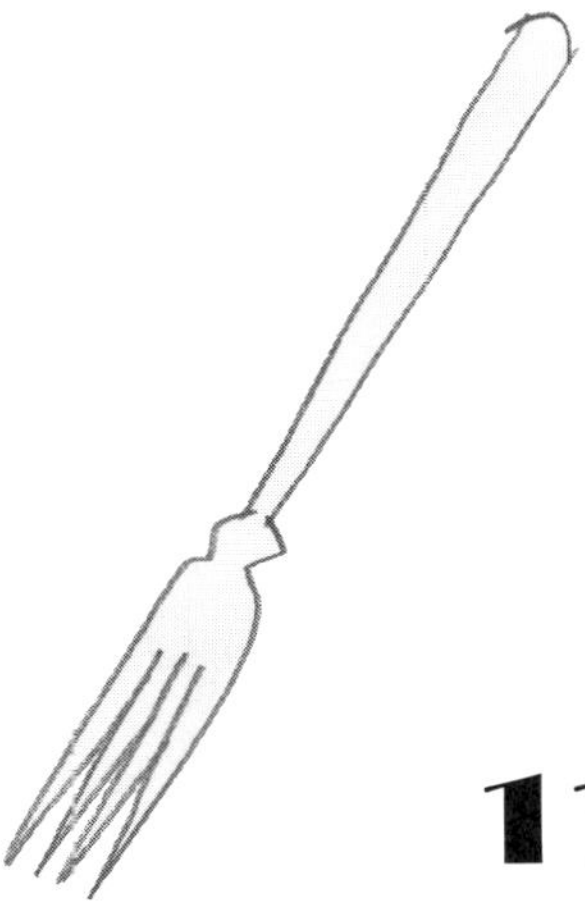

11

白身魚の切り身

ページが網の中で消えていく
魚の骨が僕らの好奇心を刺激する
サケは淡水から海水に行くと変身する

11

白身魚の切り身

それは三面記事のような始まりだった。北大西洋の西側、サン＝ピエール・エ・ミクロン[*1]という小さな群島で、不思議なことに、ある歴史の教科書の何ページかが消えたのだ。

何の変哲もない歴史の教科書、ビニールのカバーがかけられたありふれた中学校の教科書だ。１４９７年の群島の発見から教科書が出版された２０１５年までの歴史を1年また1年と年ごとに詳述している。一見したところ何も怪しいところはない。しかし、退屈な授業のさなかにその教科書を1ページずつめくる中学生は気づくだろう。年表が１９９１年の次は２００６年まで飛んでいて、まるで1章分、時間が飛んでしまったかのようになっている。15ページ分が跡形もなく抜けているのだ。

昨今、不可解な消失はよくあることだ。人間も、巨匠の絵画も、公金も、しょっちゅう

＊1　カナダの東、ニューファンドランド島南沖にあるフランス海外領土。サン＝ピエール島、ミクロン島などからなり、タラなどの漁業が盛ん。

なんの説明もなく消えてしまう。だが本のページとなると、ことは少し深刻だ。さらに奇妙なことに、この消失は、同じく不可解だが一見したところなんの関係もないように見える別の消失事件と符合していた。

マルセイユの閑静な地区の路地で十代の若者が祖母を訪ねた。とても強い訛りで、おばあさんはその若者を軽くなじる。「学食では何を食べさせてくれるんだい？　お弁当をつくってあげようか。まるでストックフィッシュのように痩せちまって！」青年は苦笑しながらうなずいた。わざわざ質問しようとはしなかったが、ストックフィッシュとはなんのことなのか、まったくわからない。１００年前、この言葉は日常的によく使われていた。だが今日ではこの言い回しを聞いたとたん、建物の屋上のアンテナに止まっているカモメでさえ目を見開いて驚くだろう。この言葉もまた、とっくに姿を消しているからだ。

コンゴ共和国の首都、ブラザビルの街角で、食通《フーディー》の観光客の一団がその日10軒目のレストランを訪れた。目的は、コンゴ料理のブログ記事を自撮り写真付きで紹介すること。しかし、いくら探しても、かの有名なマカヤブ[*2]の本物を見つけることはできない。もちろん、どこのレストランでも干した魚と野菜からなるこの料理を出している。しかし、老人たちはまったく納得していない。子ども時代に食べたマカヤブの味がしないのだ。磯の香りが消失したもののリストに、マカヤブが加わった。

捜査は複雑な様相を呈するものとなりそうだ。それでも、ある手がかりのおかげでこの3つの消失事件を結びつけるものが何かわかった。タラだ。

歴史の教科書をめくると、タラが5世紀近くにわたってサン＝ピエール・エ・ミクロン諸島に繁栄をもたらしたことがすぐにわかる。タラは塩漬けにして干され、人類の胃袋を満たしてきた。中世の終わりに全世界へともたらされたタラは、さまざまなソースとともに調理されてきた。コンゴ人がおいしいマカヤブのベースをつくったのもタラからであり、アンティル諸島ではアクラ（タラを使った揚げ物）を、セネガルではチェブジエン（魚の煮汁で炊いたピラフ）を、フランス南東部のクレルモン・フェランではタラのオーヴェルニャット（タラとジャガイモの煮込み）がつくりだされた。タラ自身は実際に行ったこと

*2　コンゴ料理。タラの干物。

もないような多くの地域で、タラは日常的な食材となった。英語で乾燥させた身の薄いタラのことを「ストックフィッシュ」と呼ぶことから、マルセイユの人々は、痩せていることを形容するのに「ストックフィッシュ」と言うようになった。

消失したのは20世紀末のことである。タイセイヨウダラ（*Gadus morhua*）の巨大な群れを捕まえる方法はそのときまでは釣り針だったが、その後、モーターボートによるトロール漁が大幅に普及した。数十年でタラの個体数は激減した。１９９２年以降、トロール漁は行われなくなったが、タラの数は回復していない。タラ漁の中心地であるサン＝ピエール・エ・ミクロンにとってはとんでもない痛手だった。そこで、その歴史は急いで抹消され、恥ずべきタブーとされた。今日では教科書からタラの漁業資源について書かれたページが取り除かれている。その結果、タラの味わいやそれにまつわる表現といった、この魚に結びついた文化全体も消えてしまったのだ。

サン＝ピエール・エ・ミクロンの住民はゆっくりと生活を立て直した。タラがいなくても、住民たちの生活はやはり、海という生きたすばらしい遺産に向いている。色とりどりの建物が並ぶ街路で、住民たちは達観して海とのつながりを保ちつづけている。なかには、大騒ぎすることなく、カナダ東端部のニューファンドランドで行われていたタラ漁と大規

11

白身魚の切り身

模漁の記憶をよみがえらせようとする、熱心な人たちもいる。

フランス本土では、当局が島民のような知恵をもっていなかった。フランス国家はその後、サン＝ピエール・エ・ミクロンを、ＥＵの基準から逸脱して、割り当てられたマグロ漁獲量の規制をごまかすためのプラットフォームとして利用している。それはまた、別の大洋にまた別の危機を引き起こすことになる。歴史の教科書のページも穏やかな気分ではいられない。なにせ霞《かすみ》が水平線を飲みこむように、文明がそっと歴史の数ページを消そうというのだから。

どうして、気づかれることなくこんなふうに消し去ることができたのだろう？　その答えは僕たちが食べる魚の切り身にある。

もしウエイターにこの切り身の正体を聞いても、おそらく厨房に聞きにいき、しかも、わからないまま戻ってくる可能性が高い。「白身魚です。骨のない長方形の魚ですよ。それ以外に何か？」

このように、皿の中にいる魚たちはたいていは「なんらかの魚の一部」としかみなされない。「魚」という名の下に、きわめて多様な種《しゅ》がその産地、風味、生態系で占める位置などには関係なく変装しているのだ。

大西洋の北西部にいるタラが減少すると、産業界は別の種《しゅ》の魚に方向転換した。本物のタラは今日では貴重だ。他の地域と同様にアフリカでも、流通している「タラ」の半分以上は偽物である。マカヤブの本来の味はアツカワダラやモンツキダラといった別の種《しゅ》の味に代わってしまった。そして今度は、それらの種も乱獲されて壊滅してしまうだろう……。

海産物の名称をぼかすというやり方は、何もタラに限ったことではない。この世界規模の惨事はすべての種に及んでいる。偽名を使うのは特別なことであるどころか、むしろ当たり前になっている。ときには消費者をだますためか、保護されている種《しゅ》を違う名前をつけて販売するためか、明らかに詐欺といわれてもおかしくない場合もある。しかし、そういったことがあまりに日常的に行われているので、もはや誰も注意を払わない。すっかり定着してしまった習慣なのだ。まったく意味もない名前をつけられてしまう魚もいる。たとえば「メルルーサ」は、世界じゅうのあちこちの海で獲れる、近縁種でもなんでもない9種類もの魚を合法的に指す言葉である。長方形のメルルーサがインド洋南西部のケルゲレン諸島のマジェランアイナメ[*3]なのか、ブルターニュのポラック（*Pollachius pollachius*）なのか、地中海のメルルーサ[*4]なのか、アラスカのスケトウダラなのか、その正体を当てるのは容易ではない！　したがって、乱獲されている種《しゅ》と資源豊富な種《しゅ》のどちらかを選ぶこともできなければ、水銀を多量に含んでいる魚と健康にいい魚のどちらかを選ぶこともできない……。僕たちの無知につけこんだラベリングのせいで、魚の正体が見えなくされているのだ。

　さらに悪いことに、どの種《しゅ》なのかわからず「魚」の切り身としか書かれていないメニューすらある。今日では2万8000種あまりの魚が知られているが、系統学的に見ると、なかにはコウモリとディプロドクス*5くらいかけ離れている種《しゅ》もある。このことを問題にしている人はほとんどいない。もし同じメニューでリムーザン*6産のビーフか、パンダか、誰かの飼いネコの肉なのかを明らかにせずに「哺乳類」のハンバーグとしか書いていなかったら、それを注文する人はほとんどいないはずだ！

「魚」の名前と原産地を知ることで得られるものはたくさんある。より責任のある選択が可能になるだけでなく、それは楽しいことでもあり、博物学者のような真の経験ともなる。

*3　カサゴ目ノトテニア亜目の海水魚。
*4　タラ目メルルーサ科の海水魚。
*5　全長約30メートルの大型草食恐竜。
*6　フランス中西部の地方名、旧州名。

切り身の名前と歴史は、骨がないという利点よりはるかに多くのことをもたらしてくれる。

フランク・バックランドは少しぐらい魚に骨があっても気にしなかった。逆に、骨はあればあるほどよかった。フランクにとって魚の骨は、魚からの苦痛をともなう復讐であるどころか、動物学の興味深い題材だった。エイの三角翼の軟骨のエレガントな骨格、シタビラメの不思議な平べったさ、ホウボウの胸ビレについている触覚をもつ指のような形の棘……。フランクにとって料理は、奇妙な生き物たちがうじゃうじゃいる水中世界を覗くための窓だった。

レストランでは、フランクは容赦ない客だった。魚の骨はすでに広く行われていたペテンを見破るための手がかりをたくさん与えてくれた。彼はそれを子どものようないたずら心で分析した。博物学のシャーロック・ホームズのように、鰭《き》条《じょう》*7と脊椎を数えることであらゆるフィッシュ・アンド・チップスの素性を暴いた。フランスダラのヒレを加工してホ

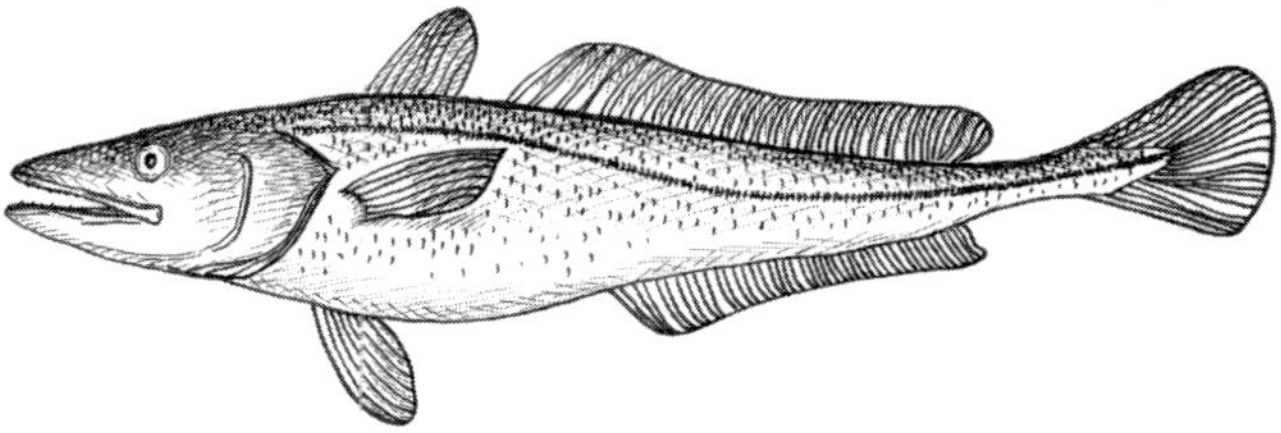

メルルーサ……のなかのどれ？

11

白身魚の切り身

ワイティング[*8]にしていたレストランも警戒していたことだろう！　動物に囲まれて生活するだけでは飽き足らず、フランクは、ふつうなら気づかないような場所も含め、いたるところで自然に注目した。ロンドンの美術館の展示室では、それぞれの絵画のなかに小さな動物を探し、そこに生物学的な誤りを見つけると大喜びした。たとえば、ラファエロの『奇跡の漁《すなど》り』という絵画では、使徒ペトロが海の魚であるエイとトラザメをなんと湖から引き上げている。『海に働く人びと』という小説に登場する醜悪かつ残虐とされているタコは実際には無害なばかりか知的ですらあることを証明することで、作家のヴィクトル・ユゴーを酷評することもあった。

すぐにフランクは、芸術と料理だけでは海への好奇心を満足させられなくなった。自分自身で海の生き物に会いに行かなければならなくなったのだ。フランクは、サケのために2つの川を移動するあいだ、「ロビンソン・クルーソー」とあだ名される漁師の古びた釣り船に乗って海に出た。漁師は北海の茶色く濁った流れの読み方を教えてくれた。プランクトンの群れと水面の下で震えるニシンの稚魚を反射からどうやって見つけられるのか？

＊7　魚類のひれを支える線状の組織。
＊8　フランスダラとホワイティングはいずれもタラ目タラ科の海水魚。

年老いたロビンソンと話しているうちに、フランクはミルクティーのような色をした英国の暗い海の中に目に見えない生き物たちの存在を感じられるようになった。あと少しで消滅してしまいそうな生き物たちだ。

鉄道の発展によって大都市に新鮮な魚を輸送できるようになり、水産業が急速に発展していた。ロビンソンのような頑固者がまだ小舟からみすぼらしいかごを投げている一方、トロール網を備えたモーターボートが沿岸の海底をくまなくこそげとっている。フランクはそういう状況に気づき、計算しはじめた。卵を産み精子をかける繁殖期のまっただなかにもかかわらず何億匹ものシタビラメ、何万トンものタラが船倉を埋めつくしていることになる。登場したばかりのこの産業に対してはいっさい規制がかけられておらず、その成長には歯止めが利かなかった。海の気前のよさ、人類を養う力は莫大に見えるが、同時に脅かされてもいた。サケが生命力を汲み出す神秘的な避難場所である海は、川と同様、危機に瀕していたのだ。

いまこそ行動しなければならない。だが、これほど大きな問題に、これほど新しい宇宙に、これほど未解決の疑問にどこから手をつければいいのだろう？　何より知識を蓄えること、多くの人を味方につけることが必要だった。そこで彼は仕事にとりかかった。いつ

11

白身魚の切り身

ものようにキッチンで。

サケのときと同じやり方で、フランクは海の魚の鋳造模型を懸命につくった。こうして、種《しゅ》をリストアップして食物連鎖におけるそれぞれの立場を理解し、みんなに説明するための実物大のレプリカが誕生した。かつてウォンバットが焼かれ、サケの稚魚が生まれたアルバニー・ストリート37番地のキッチンで、巨大なサメの石膏像がつくられたのだ。

フランクは、興味深い海の生き物が打ち上げられたと聞くと、たとえ列車で数時間かかるような場所であろうが足を運び、その生き物を自分の仕事台に持ち帰り、そこからみごとな像をつくりだした。より本物らしく見せるために、ヴィクトリア朝時代の才能豊かな芸術家であるガートルード・ジキル[*9]（「ジキル博士とハイド氏」のジキルとはなんら関係のない人物だ）の協力を得た。ジキルが油彩絵の具を少しのせるだけで、白い模型に生きていたときのような光沢が加わった。こうしてフランクは、ゴンドウクジラ、数種類のイルカ、さらに巨大なクロマグロの模型までもつくった。せっかくなので、その都度味わってみたが、クロマグロの身はとくに感動的というわけでもなかった。ネズミイルカの型をとる際には、寒さから身を守る皮下脂肪の厚さに気づき、水泳選手である友人に低温対策

＊9　英国の園芸家、工芸家、写真家、アーティスト（1843-1932年）。多くの庭を手がけ、主に園芸家として知られている。

としてその油脂を体に塗ることを勧めたりもした。その方法が有効であったかどうかは議論の余地があるが、ともあれフランクのアドバイスに従うことで、その友人はイギリス海峡を初めて泳いで渡った人物[*10]となった。

チョウザメはフランクをさらに手こずらせた。チョウザメを競り落としたというボンド・ストリートの魚屋に、そのチョウザメは一晩しか貸せないので翌朝の開店前には返せと言われたのだ。おかげで大変な夜になった。百キログラムを下らないこの魚をのせられる辻馬車はない。結局、荷車にのせて、フランク自身が家まで引いていった。彼のキッチンは地下にあった。サメの体は階段を滑り落ち、「モン・ブランのなだれのように」キッチンのドアに突進し、フランクの飼っている犬とオウム、サル語で「人殺し!」と叫びながらストーブの上に避難した2匹のサルといった動物たちの怯えた叫び声に迎えられた。

そんな調子で、フランクはあっというまに博物館を開くのに十分な数の模型をつくりだすことができた。そして、実際に博物館を開いた。ロンドン南西部のサウス・ケンジントンにある倉庫が彼の《エコノミック・フィッシュ・カルチャー博物館》となり、海の秘密を語りだしたのだ。その目的は、まずは子どもからはじめ、来訪者を笑わせ、驚かせ、最終的には行動を起こさせることにあった。

きわめてカリスマ性のある種《しゅ》についてはすぐに大きな成果があった。ノルウェー沖のヤンマイエン島で起きたアザラシの大量虐殺は人々の心を打ち、苦労なくアザラシの保護のための法律を通すことができたのだ。この闘いは100年後には環境保護運動の象徴となった。しかし、すべての海洋動物がアザラシのようなカリスマ性をもっているわけではない。ウナギやロブスターの運命について大衆の心を動かすのははるかに難題だとわかった。何よりバックランド自身に、その運命について語るための知識が欠けていた。魚たちの知られざる生活について伝えるためには、その世界を自分の目で見て、その世界を実際に感じることが必要だった。当時、スキューバダイビングはまだ存在しておらず、英国の海は濁りすぎていた。だが、フランクにとって幸運なことに、ヨーロッパであるものが発明されたところだった。水族館だ。

11

白身魚の切り身

目に見えない海中の世界には見るべきものがたくさんある。海の神秘は、オランデーズソース[*11]よりもずっと巧みに魚の味を隠しもっている。それなら、つかのまでもその世界に

*10　マシュー・ウェッブ（1848-1883年）のこと。イギリス海峡を初めて泳いで横断した人物として知られる。

*11　水を加えて泡立てた卵黄に溶かしバターを加え、レモン汁・塩で調味したクリーム状のソース。

浸ってみてはどうだろう？　食材としての魚介類は、なかなか触れることのない種《しゅ》や生態系に出会う機会になる。食べること以外でそんな旅はめったにできるものではない。魚を料理することは、体を濡らさないまま海中に潜るようなものだ。

たとえば魚の身は紙を何枚も重ねたような驚くべき形をしていることに気づくだろう。これは「筋節《きんせつ》」と呼ばれ、その筋繊維によって体のある部分の動きが腱を介して他の部分に伝わり、うねりながら水中を移動できるようになる。たとえばマグロでは、すべての筋節が尾ビレにつながっているので、全身のすべての力をそこに集中させることで、記録的な速さで泳ぐことが可能になる。実際に、マグロは大西洋を2カ月で横断できる。

もし魚を丸ごと食べるのが好きなら耳石《じせき》に気づくことだろう。宝石のような見た目のこの石は魚の頭のなかに隠されている。耳石のおかげで魚は海中で音を聞き、ありとあらゆる鳴き声やかん高い声によって言いたいことを伝え合うことができる。耳石は、ホワイティングやタラの頭を茹でてみれば簡単に見つけられる。ローマ人やネイティブ・アメリカンは魚の耳石をお守りにしていたという。

ニシンを食べると奇妙な銀色の細い繊維が出てくるだろう。これは、ニシンがおならのようにガスを発生させてコミュニケーションをとるための気体に関する器官である！

ヨーロッパヘダイ[*12]のグリルが好きなら、貝をかみくだくこともできる真珠のように丸い

11
白身魚の切り身

歯をお見逃しなく。この球状の臼のような歯はとても硬いので時代を超えて残り、化石化しやすい。そのため、堆積岩のなかにいにしえのヨーロッパヘダイの歯が見つかることがある。この丸い石は、それ自体が半貴石であり、中世の錬金術師を驚かせてきた。ヒキガエル《クラポー》から来ていると信じられていたため、「ヒキガエル石《クラポディーヌ》」と名づけられ、あまたの魔法の力が宿っていると考えられた。コイやオオニベなどの他の魚には歯がないか、ごく小さな歯しかないように見える。だが、それは正しい場所を探していないからにすぎない。主な歯は喉の奥にあって「咽頭歯」と呼ばれ、貝や甲殻類を粉々にするのに役立っている。咽頭歯もまた非常に頑丈である。イスラエルの78万年前のたき火跡で見つかったコイの咽頭歯は、当時すでに加熱調理をしていたことの最初の証拠となった。

魚介類は、野生の状態で採取され、そのままの状態で食べることができる数少ない食材の一つである。だが、僕たちは、そんな風に食べることができる生き物を自然のなかからこれ以上採集しようとはしない。現代の生活では、自分たちで育てた動物を食べることも

＊12　スズキ目タイ科の海水魚。ヨーロッパでポピュラーな食用魚。

とても少なくなった。家族でウサギを育てたり、お祭りのためにブタを殺したりということも、いまやあまり行われていない。僕たちの先祖でさえ、そうした行動を永続させることができなかったのだ。だから魚は、食事のたびにその背後には生き物が隠れていることを思い出させてくれる最後の存在だ。そして、人間は魚の捕食者であり、食物連鎖の一部分をなしていること、その大きな名誉には重い責任がともなうということを改めて感じさせてくれる。

皿の中にある食べ物の物語に耳を傾けると、僕たちは選ぶことができるとわかる。自分の持っているフォークで海の未来を選ぶことができるのだ。墓碑銘として魚の名前をラベルに記すことすらせず、消費者の無関心と水産業の発展によってタラが消えゆく未来か？あるいは、水産資源を尊重し、獲物が人間に提示することのできる限界を踏み越えない未来か？　助成金によって動いている工船にどんどん凌駕されているとはいえ、今日でもなお昔ながらの漁師たちがあの老人ロビンソンのように先祖代々の技術を持続可能な方法で守りつづけている。彼らの捕った魚は毎日食べられるわけではない。昔と変わらずそれなりの値段がするし、旬にしか買えない。すべてがワンクリックですむ現代にあって、こうしたかつてのやり方とそのペースは、もはや時代遅れで耐えられないものなのだろうか？

だが、こうした過去の名残こそが未来への教訓となるはずだ。

11

白身魚の切り身

フランク・バックランドはある記事でこう書いている。「人生にはときに至福の瞬間が訪れる。頻繁にはないことだが、私にとっては、１８３７年の春、ブライトンの水族館でサケを見たときだった」

水族館はその1年前にオープンしていた。当然のことながら、フランクはその科学顧問を務めていた。当時、ガラスの向こうに広がる海洋の世界に浸るという経験は前代未聞の斬新さがあり、月を旅行するのと同じくらい信じられないことだった。協調的な他の種《しゅ》と違い、若いサケを捕まえたときと同じ状態で保つのは容易ではない。しかし、6月のある日、奇跡が起きた。あるサケがスモルト（銀化）変態したのだ。

スモルト変態とは、淡水で生まれたサケが海で生きていくために行う奇妙な変態のことだ。たまにしか泳がない人間にとっては、湖に飛びこむのも海に飛びこむのも大差はない。だが、ずっと水に浸かっているサケにとっては、それによって見通しがすっかり変わる。魚の細胞は、人間の細胞と同じようにわずかに塩分を含んでおり、淡水より塩分が多いが、海水よりは塩分が少ない。浸透圧現象によって、水はつねに塩分の濃いほうに引き寄せられ、自然と細胞膜を通して出たり入ったりする。したがって淡水では、外側よりも塩分が濃い細胞に水が入ってくる。そこに生息する生き物は水でいっぱいになってしまい、破裂するのを防ぐために絶えず排尿しなければならない。海水では、それが逆になる。グラブラックス[*13]が粗塩のなかで乾くのと同じように、細胞は塩水の中で空になる。その結果、海水魚は水分をとるために絶え間なく水を飲みつづけなければならない。だが、飲めるのは海水だけなので、特殊なポンプによって塩分を排出する必要もある。

そのため、サケは排尿しつづけなければいけない環境と水を飲みつづけなければいけない環境とのあいだを行ったり来たりすることになる。違う側に行くとき、サケの代謝はひっくりかえる。淡水から出ると目はクロムのような色に変わり、鱗は虹色に輝く。海の生き物に変身するのだ。

この変身にフランクは度肝を抜かれた。イモムシがチョウになるのを見るのと同じくらい信じがたいことだったし、それまでは誰も実際にスモルト変態を目撃したことはなかった。博物学者フランクは感動し、控えめなサケたちの秘密を知ることができた最初の人間になったことを光栄に思った。そして、これまで以上にサケを追いかけようと固く決心した。

水族館のガラスを通してさらに多くの観察が可能になった。ついに魚たちを真正面から見て、そのライフサイクルを研究し、どのぐらいの規模で魚たちが繁殖するのかを知り、より保護できるようになった。そして何より、魚たちの真の美しさに感嘆できるようになったのだ。

フランクは有頂天だった。生きているニシンが電光のような輝きとともにこんなにも美しくなるとは一度も想像したことがなかったからだ。網のような形をつくってくねくねと泳ぐタラの群れでさえ、競り売りされるために水揚げされて大きく口を開けた群れとは似ても似つかない。夜になると、この博物学者は真っ暗ななかを手探りでやってきては、どの種《しゅ》が寝ていてどの種が寝ていないのかを記録した。日中は魚たちの行動と移動を分析した。それから、自分の発見を大衆に語った。フランクは、タラの格好をした子どもたちが揺れるタツノオトシゴにまたがって行う宝探しゲームを思い描いていた。ヨーロピアンスプラット[*14]や小エビといった、限りなく小さな存在のスポークスマンにもなった。一方でフランクは、水族館の静けさに対して物足りない思いを抱いていた。ガラスを通しては何も聞こえてこない。海には音があふれていると確信し、それを自分の耳で聞きたかったのだ。サケのように海の呼び声を感じた彼は、沖合にどうしようもなく引きつけられていった。

*13　サケを塩漬けにして熟成させる北欧料理。
*14　ニシン目ニシン科の海水魚。

フランクは海辺に引っ越すことにした。もちろん、だからといって河川の再建の仕事を投げ出したわけではないし、エキゾチックな味への欲望を失ったわけでもない（実際、ブライトンの水族館のカフェテリアで、ロンドンの動物園で亡くなったサイの残骸をミートパイにして提供したりしていた）。すでに長大なものになっていた仕事リストに海洋プロジェクトが加わると、フランクは昼夜を問わず忙しくなった。仕事が一つ増えるだけでも大違いなのだ。

フランクは、模型や論文を駆使して、海洋資源の行きすぎた開発の規制が喫緊の課題であると当局に納得させることに成功した。漁業監督官に任命されてからは、このテーマに関して当時の科学が知りうるかぎりの情報をまとめるべく、沿岸地帯に沿ってあちこちを駆けまわった。英国の曲がりくねった海岸と同じぐらい複雑な、まったく知られていない領域に足を踏み入れ、知識の限界に挑戦し、水産業の飛躍的発展にたった一人で立ち向かったのだ。そこでは、海洋調査船、養魚目録、統計が必要だった。フランクは自分にはあまりに荷が重すぎる、いずれ自分は打ちのめされてしまうだろうと感じつつも、いっそ

11

白身魚の切り身

う決然とした態度でその闘いに身を投じた。少しでも前進しようとすると一分たりとも無駄にできる時間はなかった。カキを育てて海底に撒くための技術を発明し、海鳥を保護し、さらなる知識を求めてあちこちの海岸を走りまわった。フィールド調査を終えるとすぐに、イチョウガニの繁殖を保護するための法律を採択させるべく議会に急ぎ、夜は夜で沿岸でのトロール漁業がもたらす被害についての論文を遅くまで書いた。この常軌を逸したリズムを休むことなく続け、どんなに疲れはてても日々数時間でも長く活動できるようにと、列車の中でも居眠りせず、移動時間で手紙を書いた。満潮時に波が陸地をのみこむように、仕事が彼をのみこんでいった。全身全霊を捧げるべきことなど他にはないとよくわかっていたのだ。

彼の短い人生の残りは、漁業に関する偉大な報告書の執筆に割かれた。報告書の一貫した唯一の結論は、データと資財が決定的に不足していることの確認だった。フランクは、人間は何も知らない、さらにこれからは何も知らないということを知ることになると示した。その知識は海中に埋もれている。フランクは息を引き取る瞬間まで、その知識を引き出すことに全力を尽くした。だが、彼の生涯は、彼が孵化させた若いサケの大部分と同じように幕を閉じた。海の秘密に気づき、そこに潜りこみ、二度と戻らなかったのだ。

時が経ち、フランク・バックランドという人物は歴史にのみこまれていった。彼の博物館は閉鎖され、そのコレクションも第二次世界大戦で消失した。当時ベストセラーだった彼の科学論文はもう出版されていない。フランクは人類の胃袋を満たす奇跡の動物を見つけることはなかった。彼が選んだ突飛な動物たちは、どれも今日の僕たちの皿にはのぼらない。しかし、オックスフォードにクマを連れてきたり、サケになりきったりしたこの男は、海の生態系を保護するための闘いの基礎を築いた。海洋学の知識、商業漁業の規制、汚染除去……。フランク・バックランドの闘いは、いまや世界じゅうの数えきれない人々の闘いである。人間の主要なタンパク源を守るために、いまだかつてないほど重要になっている闘いなのである。

12

キノコのオムレツ

目に見えない存在へと目を開く

何千種もの異なる性別が下草の中を練り歩く

ヤマドリタケ[*1]が木に話しかけ、

木がヤマドリタケに返事をする

12

キノコのオムレツ

次に来るときはキノコオムレツを選ばなくてはいけない。そう確信するには、隣のテーブルにいる金髪の男の子の母親を見るだけで十分だ。オムレツをそれはそれはおいしそうに食べている。

ひと口ごとに、さいの目に切ったポルチーニが甘くとろける。シャントレル[*2]は腐植土とヘーゼルナッツの香りを漂わせ、その母親を幼い頃にタイムスリップさせてくれる。ドルドーニュで過ごしたバカンス。その日は万聖節《トゥサン》[*3]（毎年11月1日）だったが、晴れていた。秋の太陽が木々の葉に金色の絵の具を散らしていた。

おじいちゃんとおばあちゃんがかごを持って先を行く。今晩はおいしいオムレツかな。女の子は茂みをかきわけ、葉の下を見てみる。うれしくてしかたなく、どんどん歩いていく。キノコたちはどこに隠れているの？　スマーフ[*4]の家、つまり水玉模様のキノコのか

＊1　マツタケ目アミタケ科の食用キノコ。別名ポルチーニ。
＊2　マツタケ目アンズタケ科の食用キノコ。別名アンズタケ。
＊3　カトリック教会で天国にいる諸聖人を記念する祝日。
＊4　ベルギーの漫画家ピエール・クリフォールの漫画に登場する架空の種族。

さを思い出してみるが、何も見つからない。それでもすごく楽しい。そうこうしているうちにかごの中がいっぱいになった。すると、おじいちゃんとおばあちゃんが言った。見分けられる目をもたないといけないんだ。おじいちゃんとおばあちゃんはたしかにそういう目をもっている。二人がじっと見ると、誰も気づかなかったところにキノコが現れるみたいだ。見分ける目をもつとは魔力をもつということなんだと女の子は思った。

背の高いカラカサタケを見つけた。まるでパラソルみたい。艶があり、虫に食われているヤマドリタケ。ハラタケ、ツクリタケ、シロカノシタ[*5]――この名前、ちょっと不思議。女の子は小枝のチクチクする感触や刺草《いらくさ》によるヒリヒリした痛み、おじいちゃんとおばあちゃんが他の人と会ってとんでもなく長いこと話しこんだときの退屈な時間を思い出した。「もっとからっとした天気じゃないとねえ」「じめじめしてるわね」「あっちは霧がかかってるね。いわゆるキツネがコーヒーを淹れてるってやつだな。ヤマドリタケにはいいだろうけど」

当たりをつけて、キノコが好んで生えるところを探してみる。南向きで、斜面で、コナラの木の近く……。キノコが感じていることを感じようとしてみる。すると、ほとんどスピリチュアルともいえそうな力が自分とキノコを密接につなげていることに気づく。狩猟採集民族が、追いかける動物と人間との境界をなくすような信仰をもつシャーマンの民でもあるのは、驚くべきことではない。捕食という行為はまさに心の変化であり、種《しゅ》の垣根を取り払ってくれる。捕食者は獲物の立場に立って想像し、獲物のように考え、心のなかで獲物の生に介入しなければならない。キノコを探していると、そのイメージが目に焼きつけられ、人間の内なる世界へと誘われる。下草の中を探していると、自分のまなざしがキノコのまなざしになり、自分もキノコなのではないかという奇妙な感覚にとらわれる。この太陽の光がヤマドリタケのかさにとってどれだけ心地よいものかがわかってくる。マツの針葉のじゅうたんがチクチクするのは、テングタケ*6も同じだろう。腹ばいになり、腐葉土すれすれからその世界を見てみる。見分ける目をもつということは、心の一部がキノコになるがままにするということだ。

キノコの視点から森を知覚するのは、めまいがするほど大きな視点の変化だ。科学によってキノコが理解されているとはまだまだ言いがたいが、少しずつ明らかになりはじめ

*5　フランス語ではles pieds-de-mouton「ヒツジの足」と呼ばれている。
*6　マツタケ目テングタケ科の毒キノコ。

たキノコの生態だけでも仰天ものだ。

まだほとんど知られていないのは、第一に目に見えないからである。森に雨が降る季節に採れ、オムレツの具になってくれるかさの形をした変わったものというのは、キノコのほんの一部にすぎない。それは子実体という生殖器で、一年のうちの短い期間だけ野外に顔を出す部分でしかない。真の個体、キノコの器官全体は、詮索好きな視線や見分けられる目をもつ人からでさえ逃れられる場所で命を営んでいる。顕微鏡でしか見えない微細な繊維の集まりという姿で、土の中を横糸のように走る「菌糸体」という地下網をもっている。つまり、キノコは、地口をはいまわるもつれた糸の重なり合いでしかないのだ。もう、それだけで奇妙な存在ではないか！

かさがあまり動かないので、キノコは長いあいだ植物だと思われてきた。だが、その外見にだまされ

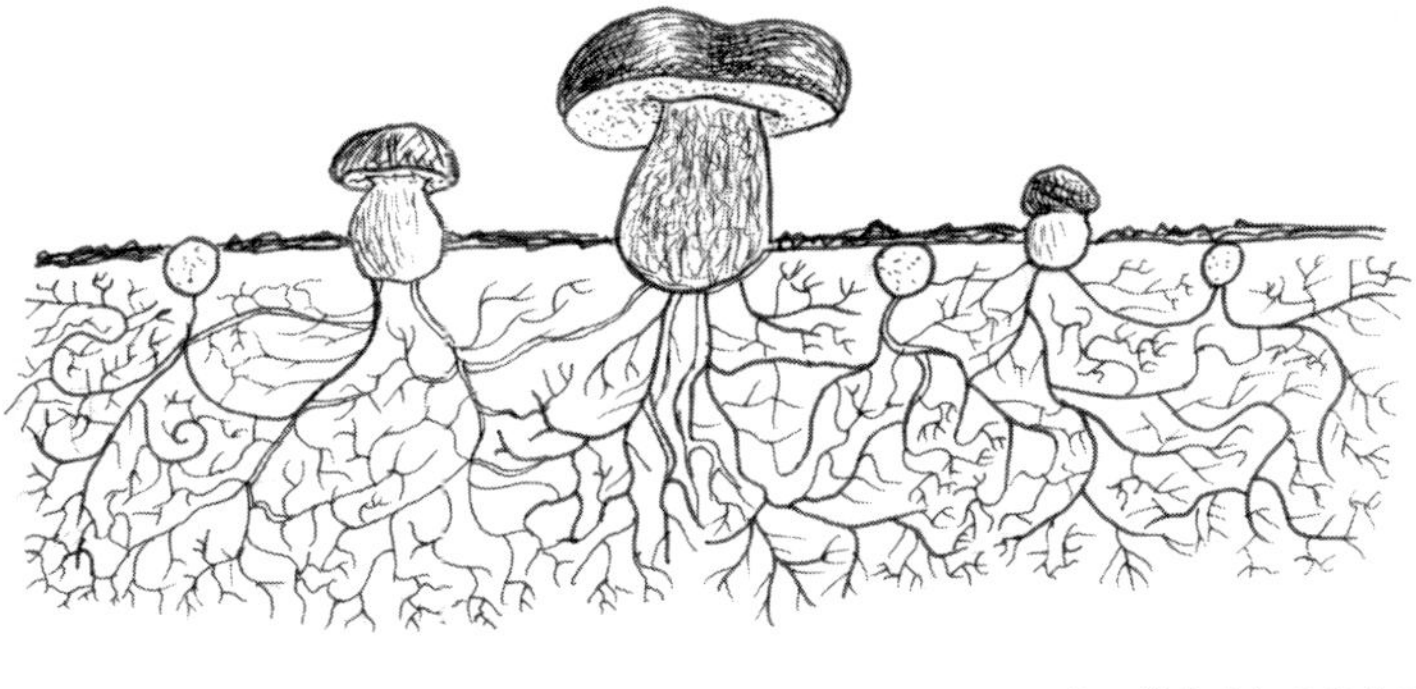

ヤマドリタケの全体図

12
キノコのオムレツ

てはいけない。キノコが属する菌類は、生物の系統樹のなかで植物界とも動物界とも異なる別の界を形成している。植物のように光合成で自らの栄養素をつくりだしたり、動物のように食べ物を摂取したりして栄養をとっているわけではない。栄養摂取のために、消化酵素を周囲に分泌し、それによって外から直接栄養素を吸収するのだ。

繁殖のしかたはさらに奇妙だ。サケのロマンスやピスタチオの木のロマンスを想像するのはそれほど難しいことではない――要するに、僕たちの恋愛に近く、一方が他方を受精させることで命を吹きこむという、2つの存在の結合だ。だが、キノコのロマンスは僕たちの理解を大きく超えている。

今日、菌類の愛情生活について知ることができるのは、第一次世界大戦のさなか、キノコの隠された繁殖のしかたを解読したフランス系ポルトガル人の若き女性植物学者、マティルジ・ベンサウジのおかげである。当時の状況は厳しかった。研究は遅々として進まず、研究機関同士の交流はほぼ不可能になった。ソルボンヌの研究所という孤立した環境でベンサウジは孤軍奮闘していた。たった一人、顕微鏡とヒトヨタケ科のさまざまな菌類だけが仲間だった。

キノコのかさは担胞子体と呼ばれ、胞子を飛ばす。ハラタケ1個が、わずか数日のうちに何百億もの胞子を出すこともある。それらの小さな球はいったん土の中に入ると、種子のように発芽し、それぞれが菌糸体へと変化する。マティルジ・ベンサウジは、胞子の発芽を顕微鏡で観察することで、できたばかりの菌糸体は、単体では結実して新たな担胞子体をつくりだすことができないと気づいた。まず別の菌糸体と出会い、彼と融合しなければいけないのだ。むしろ、彼女と言うべきかもしれない。実は、胞子からつくられる菌糸体には性別がある。外見上はどれもまったく同じに見えるが、遺伝子の分析によって性別が特定できるのだ。そして、別の性別の個体と繊維を融合させることでしか繁殖できない。そうやって一つの存在となり、細胞レベルでも一体化する。この新しい菌糸は「二次」菌糸と呼ばれ、結実して新しい担胞子体をもつキノコのかさを生み出すことができる。

ここまではまだなじみのある現象かもしれない。だがマティルジ・ベンサウジは、キノコが種《しゅ》によって、1つ、2つ、4つ、ときにはそれ以上の性別をもつことを発見して驚いた。雄か雌かでは単純すぎるのだ。枯れ木に生えるスエヒロタケはテット・ド・モワンヌ[*7]を削ったような見た目の白いキノコだが、最高記録の保持者である。スポンジ状の身はあまり魅力的とはいえないが、その繁殖方法は実に興味深い。なにせ2万2960種類もの性別が存在するのだ！　自由な精神を養うためにはすばらしいお手本といえよう。

さらに奇妙なことに、菌類の繁殖は有性生殖に限らない。分割によっても増殖する。半分に切られると、両方から一つずつ生えてきてクローンが2つできるのだ。

12
キノコのオムレツ

菌類は単体で独立した界を形成し、そこに互いにきわめて多様なたくさんの進化系統が含まれているために、まだ多くのことが解明されていない。たとえば、いまだにトリュフの父親が誰なのかも知られていない。美食家にとって喜ばしいことに、人間はセイヨウショウロが受精して実をつけることはよく知っている。それがかの有名なトリュフだ。白い脈が雌の役割を果たし、子孫をもたらす。この子孫は脈のあいだに存在し、香りを放つ黒い塊である。その正体は胞子で、遺伝子を調べてみると「雌」とは性別の違う個体による受精の結果生まれたものであるとわかる。つまり、まちがいなくトリュフの「父親」がそこにいたはずなのだ。だが、その「父親」は、菌系体のなかにも別の場所でも確認されていない。誰もトリュフの父を見たことがない。おそらく雌とはまったく違うからだろう。特定の胞子が一時的にきわめて微細な形をとるのではないかと考えられているが、それもあくまで仮説にすぎない。トリュフ犬のように、研究者たちはトリュフを追いかけつづけている。

＊7　スイス原産のチーズ。名前は「修道士の頭」を意味する。

バックランドの時代の海と同様に、現在、地下は知の境界における新たな探索ゾーンといえる。菌類はその隠された世界の建築家であり、庭師であり、電話交換手でもある。森のひと握りの土の中には、何万もの種《しゅ》にまたがる何十億という菌類の個体が含まれている。もし世界じゅうの菌糸が手――というより細い繊維なのだが――をつないだら、その輪は銀河系の半分を取り囲むことができるだろう。気の遠くなるような規模のネットワークだ。

それほどまでに広く展開しているネットワークなので、当然あらゆるものを絡ませてつなげ、生態系において重要な役割を果たしている。とくに結びつけられているのは、植物だ。たくさんのキノコが菌糸を植物の根に融合させ、根と自身の境界面に「菌根」と呼ばれる特殊な器官を形成することで栄養を摂取する。これはまさしく寓話である。小さな菌類があちこちに細い繊維を張りめぐらせ、大木のために土の中でリンを見つけ、それを大木に供給する。植物の不器用な根の十倍もの広さの地面を探索し、栄養素を汲み出してあげるのだ。それと引き換えに、天に届くほど高く高貴なコナラは、葉が太陽エネルギーからつくりだす炭水化物を地下のか弱い盟友に供給する。この共生的パートナーシップは森を生かすだけでなく、森に語らせる。菌類と植物はこうした交換をしながらコミュニケーションをとり、捕食者の存在や環境の変化を警告し合い、病原体に立ち向かうために連帯する。まさに、あらゆる生き物を結びつける森のインターネットである。

12

キノコのオムレツ

このように解読されはじめたばかりの生物界の一面は、近い将来、土壌の汚染除去や修復のための農業技術に大きな進歩をもたらすだろう。さらに、僕たちの世界への見方も豊かにしてくれる。今後は、人間の目には1本の木も1束の草も、単独の存在ではなく巨大なシステムの鎖の一つとして映るようになるからだ。植物園のピスタチオの木は、菌根によってどんな話し合いをし、どんな友情を結んできたのだろう？　隣に立っているプラタナスは、中国のダイダイは、コープレイが角を磨いていただろう古いマロニエの切り株は、菌類を介してその根の先で何をささやいたのだろう？

科学的発見は、自然に対する人間の見方を変えることによって、人間の社会に対する見方を変える。昔からそうだった。かつては進化論と食物連鎖の理論の登場によって市場経済と自由な競争の概念が確固たるものとなった。その後、種《しゅ》を超えた共生と協力の原則が出現するのと並行して、連帯の理念、社会的権利の理念が発展した。やがて、おそらく菌類のおかげで新たな共存のしかたが登場するかもしれない。いまや人間は、自分たちが一つの全体のなかの取るに足りない一部にすぎず、人間とは異なるたくさんの存在のおかげで生かされていること、そういう存在がなければ人間はまったく何者でもないということをこれまで以上に自覚している。

「あそこ、あの切り株の上！　キノコがいっぱい！」苔むした幹に、魅惑的なかさのついた黄金色のキノコがびっしり生えている。「放っておきなさい。食べられないキノコだよ」おじいちゃんはキノコに目もくれずに言う。

　たくさんあるのに残念だな。せっかく大きなオムレツがつくれそうなのに。「あきらめなさい、食べられないんだから」これ以上は何を言っても無駄だろう。なにせ、おじいちゃんには見分ける目があるのだから。

　実際、おじいちゃんは正しい。ツリガネタケと呼ばれるそのキノコじゃオムレツはつくれない。だが、ツリガネタケはオムレツよりずっとたくさんのものを人間に与えてくれた。いや、オムレツもすべてツリガネタケのおかげかもしれないのだ。

　ツリガネタケは、広葉樹の幹に重なるように生えていて、そこに菌糸を寄生させている。細長いひづめのかたちをしたこのキノコの硬いかさは食べるには手ごわすぎる。だが、このキノコから非常に燃えやすい革のような丈夫な素材をつくることができる。アイスマン「エッツィ」[*8]の武具にも使われていたようで、その利用はさらに昔の紀元前1万1600年以上前まで遡ることができる。ツリガネタケは人類の最初の携帯ライターの一つとなった。それはまた、人類の進化に決定的に重要だった火を使えるようになるプロセスにおいてずっと人間とともにいた。文明の発達はツリガネタケのおかげといっても過言ではないだろう。

「味わう」ということに関しても、キノコはさまざまな形態の生き物を結びつけずにはいられない。

何か特別な日におばあちゃんが市場でトリュフを見つけると、そのスライスをオムレツに加えることになる。このレシピは、まったく異なる生き物のあいだで編み出されるとても巧妙な交流の成果だ。このおいしいキノコを探し出すために、人間はイヌやブタとの共通言語をつくりだした。真のトリュフハンターの名にふさわしい「発掘者」は、意外な盟友とも話すことができる。それは小さなトリュフバエだ。羽に斑点のあるこの昆虫は、トリュフの上にしか産卵しない。トリュフバエの飛行を読み解き、地面すれすれでトリュフを探すその動きについていくことで、ペリゴール地方の貴重な黒い宝石、トリュフが生え

＊8　氷河の中から発見された紀元前3300〜3100年頃の石器時代人のミイラの通称。

ている場所がわかるのだ。

キノコがあまり手に入らなかったとき、おばあちゃんはオムレツにマッシュルームをいくつか足す。大した違いはないけれど、少しでも具を多くするためだ。マッシュルームを栽培できるのは、さらに小さな別の動物のおかげである。19世紀、パリの地下倉の石灰岩のおかげでマッシュルームができた。ジュラ紀にパリ盆地の海に生息していた無数の小さな貝によって、キノコの生育に理想的な涼しさを保つ多孔質の岩が形成されたからだ。太古の貝とかつての市街の馬の糞とが混ざり合い、それがキノコにとってのごちそうになった。この奇妙なコラボレーションがフランス人に大好きなキノコをもたらしたのだ！

人類の歴史を変えた菌もいる。ジャガイモ畑を荒廃させた「べと病」は、１８４０年代、アイルランドで大飢饉を引き起こした。世界じゅうの人々の胃袋を満たそうというフランク・バックランドの探求を後押しすることになった飢饉だ。その遠い親戚である麦《ばっ》角菌《かくきん》は穀物を汚染し、食べた者に精神症状を引き起こした。ヨーロッパ全土で集団的な狂気が引き起こされたという忌まわしいエピソードも残っている。そのうちのもっとも悲惨なエピソードは、１５１８年、フランス東部で何百人もの男女がひと月以上、休みなく踊りつづ

12

キノコのオムレツ

けたというものだ！　この凶悪犯のような菌に比べれば、もっとも毒性の強いテングタケすらも友好的に思えてくる。

人間にとって菌類は恐ろしいものであるが、それと同じぐらい必要不可欠なものでもある。僕たちの体と共生することで、消化器系から免疫系に至るまで僕たちの体の働きを高めてくれる。あらゆる面で僕たちを守ってくれるのだ。たとえば、最初の抗生物質であるペニシリンは菌類の毒素にほかならない。

菌類はどこにでもある。僕らの食卓のオムレツがそれを証明している。オムレツを焼くための火はツリガネタケのおかげだ。オムレツに添えられるパンやビールやチーズは酵母のおかげでできている。酵母もまた菌類だ。オイルでオムレツの味を引き立てるオリーブの木も、フライパンの取手のラテックスの原料のパラゴムの木も、そして、分解されることでいまオムレツを焼くための燃料となっているガスを数百万年かけてつくりだした生物たちも、その根が菌糸と絡まり合うことで栄養を摂取していた。

自分でオムレツの具を採ってくるのは、生物の大きなネットワークにおける人類の位置を直接的に実感する方法だ。ヤマドリタケを摘むことで――キノコを守るために、切るのではなく手で摘まなければならない――、ある生き物の体の一部、宇宙を一瞬共有した存在の一部を採取しているのだと意識できるだろう。こうして、五感を研ぎすませて手がかりを探すという基本的な喜びに包まれながら、その原始的な状態に戻ることができるのだ。そうした意識から自然に対する敬意が生まれ、そして命のサイクルが永遠に続いてほしいと願うようになる。キノコの生える場所ほど大切に守られている秘密は、ほとんどない。

オムレツの最後のひと口はその風味を長く残す。思い出されるのは、キノコ狩りでかきわけた葉のかさかさという音や、プジョー205のトランクに積んだかごががたがたと揺れて車内に漂ういいにおい……。

そのとき、母親は叫び声を聞いて我に返った。

「うええ！　キノコだ！」金髪の少年は悲劇の主人公のようなふくれっ面で身をよじった。

「キノコきらい！　サイテーーーー！」

子どもを見つめる母親の目は急に優しくなった。食事の最中から、息子はずっと我慢の限界だったのだ。少年は、母親が味わってほしいと思っていた野菜のキッシュをあちこちに散らかした。そして、ナゲットの半分を床に投げ捨て、隣のテーブルの犬に食べさせた。でも、母親は微笑む。次のバカンスは森でハイキングで決まり。

13

フルーツサラダ

パタゴニアでスパイがイチゴを砂糖漬けにする
同じ番号のバナナのクローンが僕たちの手に届く
まだ青いうち、熟していないうちに味わう

13

フルーツサラダ

デザートの時間になると、ウェイターはまたメニューを持ってくる。まるで食事全体が再びこの瞬間に始まるかのように。そのときたしかに、戻ることのない境を越えることになる。さらば塩味。ここからは「甘味」だ。

前菜の野菜の爽やかさは終わり、メインディッシュである叙事詩的なロースト料理も過ぎ去った。ここでハッピーエンドのようにデザートが運ばれてくる。自然がつくりあげた最高の甘味、フルーツが大団円を飾るのだ。

潔癖な植物愛好家は、モモやアンズのように花の雌しべで形成されたものしか「真の果物」として認めないだろう。彼らにとっては、種子が雌しべではなく花托の中に収まっているリンゴは「偽りの果物」でしかない。ラズベリー、洋ナシ、イチゴ、ブラックベリー、バナナ、スイカ……要するに、僕らが食べているほとんどすべての果物が「偽物」にすぎないのだ。イチジクとパイナップルは、たくさんの花からたくさんの小さな実がなってできたもので「複合果」と呼ばれる。しかし、細かい分類は重要ではない。本物であろうと偽物であろうと、果物はいつだって2つの花の愛にもとづく結合の結果なのだ。だから、かじるだけで愛の物語を味わえる。

なかには、驚くべきロマンチックな物語もある。その物語を体験するには、フルーツサラダのてっぺんに鎮座しているイチゴに、両親の出会いについて尋ねてみればいい。

フランス人は、イチゴは昔からずっとフランスに自生しているフランス産の果物だと思っているだろう。だが３００年前、植物園にピスタチオの木が植えられた頃にはイチゴは存在していなかった。フランスにというだけではなく、この地球上のどこにも存在していなかったのだ。最初のイチゴがこの世に生まれるにあたっては、スパイ、海賊、そして大量のクイニー・アマン[*1]が必要だった。

ヨーロッパに自生するイチゴの固有種はワイルドストロベリーとムスクストロベリーの2種類だけだ。両方ともおいしいが、とても小さい。あまりに小さいため、古代から薬や化粧品や香水として使われていた――「フレグランス」という言葉は、フランス語でイチゴを意味する「フレーズ（fraise）」と同じ語源をもっている。栽培者の努力にもかかわらず、ヨーロッパのイチゴは小さいタルトすらつくれない大きさだった。

他の大陸も似たようなものだった。北米では、ネイティブ・アメリカンがヴァージニアのイチゴを栽培していた。ヨーロッパのイチゴより風味豊かだが、これまた小さかった。1534年に私掠船団を率いて新大陸を探検したサン＝マロの冒険家ジャック・カルティエは、船倉にヴァージニアのイチゴの苗をいくつか積んでヨーロッパに持ち帰った。英国やプロヴァンスの愛好家たちによってそれらのイチゴが育てられるとともに、1623年にはパリの王立植物園にも植えられた。そこからフランスじゅうの植物園にイチゴの栽培が広がったが、果実がとても小さいためにほとんど趣味の園芸の対象にすぎなかった。もちろん、イチゴでシャーベットをつくることなど夢のまた夢だったわけだが、こうして栽培されたヴァージニア・イチゴの苗のなかに、いま僕たちが食べている種の最初のイチゴの母親が隠れていた。一方、父親はというと、そのときはまだ南半球にいた。

1715年のある日、一風変わった旅人が見知らぬイチゴの苗を王立植物園のピスタチオの木からそう遠くないところに植えた。旅人は南米から戻ったばかりだった。職業はス

＊1　フランス、ブルターニュ地方の菓子。クロワッサンに似たパン生地に砂糖とバターを折り込んで焼いたもの。

パイ。フランス南東部のサヴォワ生まれだったが、ブルターニュに移り住んだその旅人は、スペインの軍事要塞の図面を盗みとるという任務を負って南米に派遣されていた。歩兵隊の中尉である彼は秘密の任務に慣れていたが、その仕事に退屈もしていた。好きなことは植物採集。彼にとってのヒーローは二重スパイではなく、旅する植物学者であり、国の重大事や尾行よりも王立植物園に新種を持ち帰ることのほうがよほど魅力的な活動に思えたのだ。暇な時間にはアンデス山脈の植物相を研究するために田舎を歩きまわった。すると、当地のイチゴに目を引かれずにはいられなかった。

このスパイがイチゴに特別に関心を寄せるのにはわけがあった。その語源だ。彼の名前はアメデ＝フランソワ・フレジエといい、先祖代々の古い伝説を信じるなら、このフレジエという姓とあの赤い果実との関係は913年に遡る。彼の遠い先祖ジュリウス・ドゥ・ベリーは、祝宴の際に、単純王と呼ばれたシャルル3世[*2]にかごいっぱいの野イチゴを贈り、それを記念してこの新しい姓「フレーズ（Fraise）」を授かったといわれている。フレジエは、自分の家系の紋章にイチゴを加えたら面白いだろうと考え、自分が見つけたチリのイチゴを持ち帰ることにした。フレジエのこの思いつきは植物学者たちの興味を引くにちがいなかった。おいしいがあまりに小さい北半球のイチゴとは反対に、南米のイチゴはあまり味はないが粒が大きい。赤い種《たね》をもつ白い果実である南米のイチゴは、「ニワトリの卵ほどの大きさ」だったのだ。

13

フルーツサラダ

航海は困難をきわめ、フレジエが労を惜しまず世話したにもかかわらず、マルセイユまでの旅で生き残ったのは5株だけだった。彼は、どんなときも植物に真水をやってくれていた船の設備係の一人に1株を与えた。そして、1株はブルターニュのプルガステルにある自分の庭園のためにとっておき、もう1株は、パリに行ってヴェルサイユの庭師に渡した。さらに、パリの植物学教授であるアントワーヌ・ドゥ・ジュシューに残りの2株を贈り、その2株はかの王立植物園に植えられた。

パリの気候はピスタチオの木には理想的だったが、チリのイチゴには合わなかった。波しぶきとグアノ[*3]の存在しないパリではうまく育たなかった。チリのイチゴにとっては、空気が乾燥しすぎてもいた。定期的に水をやり、動物園のアシカの鳴き声がふるさとの波打ち際を思い出させるBGMになったにもかかわらず、チリのイチゴは見る見るうちに弱っていった。海洋性気候とあまりに違ったからだ。そこでジュシューは、ブルターニュの霧雨がイチゴを元気にしてくれると期待して、ブレストの植物園に1株送ることにした。パリとヴェルサイユに残されたイチゴの苗は生き残ったものの、実をつけることはなかった。

＊2　西フランク王（879-929年）、在位893~922年。
＊3　海岸や島で海鳥などの糞尿が堆積したもの。

ブルターニュの株はその後どうなったのかわからなかった。そのイチゴの株は半世紀ものあいだ忘れ去られることになったのだ。

1765年、フレジエのイチゴの苗の痕跡を見つけたのは、植物学に情熱を燃やす十代の若者だった。アントワーヌ・ニコラ・デュシエヌ[*4]は、イチゴの苗を収集するというたった一つの目的のためにフランスじゅうの植物園をしらみつぶしに回っていた。彼は完全にイチゴにのめりこんでいた。イチゴしか頭になかったといってよい。公証人の息子がどうしてここまでの情熱をもつようになったのかはわからないが、ともあれ13歳のときからイチゴの苗についてだけは、一流の科学者たちと意見を交わしていた。郊外にあった両親の小さな庭で、たくさんの品種のイチゴを集めては交配までさせていた。

ある日、デュシエヌはコレクションを増やそうとして、フレジエがヴェルサイユに贈ったチリのイチゴが植えられているのを見つけた。50年にわたって毎年花を咲かせていたが、実をつけなかったものだ。デュシエヌは、セバスチャン・ヴァイヤンが少し前に発表した植物の繁殖に関するピスタチオの木の理論を知っていた。そのため、イチゴは雌雄異株であること、つまり雄と雌の個体がいること、ヴェルサイユの苗は雄であることに気づいた。フレジエは、知らず知らずのうちに雄のイチゴだけをチリから持ち帰っていたのだ！　それではフランスでの栽培がうまくいくはずがない。

13

フルーツサラダ

あるとき、デュシエヌはブルターニュの奥地からの知らせを受けた。ブルターニュ半島の先端、フィニステールの市場では、人々が信じられないような新しい果物をおいしそうに食べているという。ブレストの植物園の花壇にまるで天から降ってきたかのように、巨大なのにおいしいイチゴが出現したのだ。その果実は、ふつうは小さな実しかつけないヴァージニアのイチゴの雌の株になっていた。この新しいイチゴは前代未聞だったので、すぐにエロルン川を越えて、クラリューからプルガステルに至る広い地域で大規模に栽培されるようになった。帆船でイギリスに定期的に輸出した女性の船乗りもいた。そしてついに、パリの市場にも並ぶようになった。

デュシエヌは調査し、すぐにその奇跡の原因を突き止めた。幸運なことに、ヴァージニアのイチゴはフレジエがパリに持ち帰り、ジュシューがブルターニュに移したチリ産イチゴの雄株のすぐ隣に植えられていた。次にブレストの湿った気候のおかげで2つの種《しゅ》が交配した。そしてこの交配種は、チリ出身の父親と同じくらい巨大な実をつけ、カナダ出身の母親と同じくらいおいしくなった。しかもその花は雌雄同株で繁殖力がとても強かった。調査したデュシエヌはこの新しいイチゴの標本を、その巨大さのあまりフラガリア・アナナッサ（*Fragaria×ananassa*）と名づけた。「パイナップル・イチゴ」という意味だ。こ

＊4　フランスの農学者（1747-1827年）。

のフラガリア・アナナッサのおかげで、現存するすべての品種のイチゴが生まれたのだ。

それ以降、夏が来ると大人も子どももしばしば足を止め、王立植物園のピスタチオの木陰でイチゴのシャーベットを味わうようになった。愛の物語の展開をすべて見ていて、父親も母親も知っているあのピスタチオは、ガリゲット、シラフィーヌ、マラ・デ・ボワといった品種のイチゴが人間の舌を喜ばせているのを見て、いくらか感動しているにちがいない。すべては何千キロも離れたところにいた植物同士がそこからさらに遠いところ、ブルターニュの端の端で出会ったことによる、思いがけない結婚のおかげである。

イチゴが少し顔を赤らめる。イチゴは、自分のロマンチックな生い立ちを羨んでいる者がたくさんいると知っている。たとえば、バナナは運がない。自分自身への愛以外、まったく愛を知らないのだから。

イチゴと同様、バナナも雑種だ。野生のバナナは、ニューギニアの湿った下草のなかに生えている。その果実は果肉が非常に少なく、大きな種《たね》がたくさんある。当初、パプア人は賢明にもさまざまな種《しゅ》をかけあわせ、種《たね》を小さくして果肉を増やそうとした。その後、バナナの栽培は東南アジアやアフリカに広がり、さまざまな民族が新しい品種を開発した

13

フルーツサラダ

が、そのたびに種《たね》の少ない品種が好まれた。バナナの木は巨大な草であり、地面に植えることでまったく同一のクローンのバナナの木となる新芽がひとりでに出てくる。このように挿し木によって増やすのは、種《たね》を蒔くよりはるかに効率がいい。その結果、少しずつではあるが、種《たね》が少なく、あるいは種《たね》がなく、生産性がきわめて高いバナナの木が挿し木されるようになった。今日、バナナはすべて同じ個体に由来するクローンであり、もはや種《たね》はまったくない。

茎がある上のほうから剝こうが下から剝こうが、バナナの食べ方というテーマについて僕たちの人生を一変させてしまうような指南をされていようがされていなかろうが、デザートに出てくるバナナは、これまでに見たことのあるバナナと遺伝子的にはまったく同じだ。バナナの

イチゴとその両親

木はこの先もけっして愛を知ることがないだろう。同じ木が並ぶ森のなか、自分自身とは異なる個体と交わることはなく、挿し木によってクローンをつくる以外に子孫を残すこともない。その子孫の果実を食べている僕らは、きわめてまれな古い品種を育てている生産者に会いに遠くまで出かけでもしないかぎり、自分が知っているのとは違うバナナを味わうことはできないだろう。

しかし、この挿し木という方法はすぐに限界に達する。植物がわざわざ有性生殖で繁殖するのは、異なる個体とともにあらゆる事態に対応するためだ。みんなが同じ遺伝子をもっているバナナの木は、みんな同じ病気にかかりやすい。フザリウムという菌が、世界の生産量の大半を占めていたクローン・バナナの種《しゅ》、グロス・ミシェルを攻撃すると、数年のうちにその種《しゅ》の栽培ができなくなってしまった。多国籍のバナナ生産者は、バナナを多様化させる代わりに、グロス・ミシェルを同じように均一の別の種、キャベンディッシュに置き換えた。キャベンディッシュは寄生虫に強く、僕らがいま食べている種である。だが、それも長くは続かなかった。フザリウムが進化を遂げ、いまではキャベンディッシュを襲うようになったからだ。キャベンディッシュは適応できず、いまやどうにもならなくなっている。今回、人類はどの道を選ぶだろう？　ずっとクローンでバナナの木をつくりつづけるのだろうか？　それとも、これがバナナという小さな世界に多様性を復活させるきっかけとなるのだろうか？

13 フルーツサラダ

果実を実らせる種《しゅ》はつねに移動してきたが、長いあいだ、果実そのものはもっぱら収穫された場所の近くで消費されてきた。あまりに脆いので輸送できなかったのだ。果樹が征服した地域では、現地の歴史、景色、気候の反映ともいえるさまざまな現地種が発展するだけの時間があった。

果物が冷蔵輸送により世界を旅するようになったのは最近になってからだ。一見したところ、僕たちのフルーツサラダには多様性がもたらされ、エキゾチックな種《しゅ》が多く含まれるようになった。だが、この多様性はまやかしにすぎない。そこには、さらに大規模な均質化が隠されている。今日、僕たちは食べることができるさまざまな種《しゅ》を消費しているが、なかでもきわめて生産性が高い、大量生産される品種しか知らない。メキシコの洋ナシとカナダのパパイヤを食べるが、世界じゅうどの食卓でも、出てくるのは同じ種類の洋ナシやパパイヤだ。結局のところ僕たちの食事はどれも、見かけだけの多様性という点では似たり寄ったりなのだ。各地の品種という意味での多様性は失われつつある。

北アフリカでは、反対の意味をもつ2種類の多様性が日常語でも区別されている。アラビア語でベルディ（Beldi）は地元で育成された品種である。一方、工業化されグローバル化された品種はルミ（Roumi）という言葉で表現される。モロッコのスーパーマーケットでは、まったく相反する2つのカテゴリーの食材が向かい合っている。一方は田舎風の風味豊かな伝統的な食材で、もう一方は未来主義的で革新的で均一な食材である。滅びつつある世界のノアの方舟《はこぶね》と先進的な宇宙船といったところだ。

このノアの方舟の初代船長は、ノアではなくニコライ・ヴァヴィロフという。このロシア人遺伝学者は、若いうちから人類の胃袋を満たすという欲望にとりつかれた科学者の一団に加わっていた。子どもの頃に帝政時代の厳しい飢饉を経験したヴァヴィロフは、新しい食料の探求に人生を捧げた。フランク・バックランドとは反対に、ヴァヴィコフは動物ではなく植物によって飢餓と闘おうとした。現代では、生態学的な観点から、より好ましいとみなされている考え方だ。

20世紀初頭の数十年間、ヴァヴィロフは栽培されている植物の目録をつくるべく世界じゅうを旅した。ヴァヴィロフの計画は、植物の各種についてその進化の痕跡を追い、それぞれが最初にどこで栽培されるようになったかを明らかにするというものだった。彼は、

13
フルーツサラダ

栽培の発祥地においては、人間が直面する恐れのある自然界の想定外の変化やさまざまな事態に適応できる先祖伝来の株とともに、その植物の遺伝的多様性の全体を見つけられるはずだと確信していた。

ヴァヴィロフは多くの食用植物の生誕の地を突き止めることに成功した。トルコで、ライ麦とエンバクが小麦を真似て進化したことを発見したのも彼だ。「パンかご」の章でもとりあげたこの進化のメカニズムは、科学者のあいだで「ヴァヴィロフ型擬態」と呼ばれている。一方、数ある植物をめぐる旅のなかでヴァヴィロフが熱を注いだのは、リンゴの原産地探しだった。

果樹園から果樹園へとヴァヴィロフはラバに乗り、中央アジアの平原を横断して東から西にリンゴの足跡を追った。まちがいなくラバは、リンゴの木からリンゴの木へと食欲の赴くままに進めばいいだけの夢のバカンスを存分に楽しんでいたことだろう。だが、人間にとっては苦しい旅路だった。草原《ステップ》は、どこもまったく同じ灰色の丘で刺繍された無限の絨毯のように広がっていた。同じような絶壁の上から同じような野生のヒツジたちが、毎日、同じ冷ややかなまなざしで旅人をじっと見ているように思えた。ラバの歩行のリズムで背中が痛くてしかたない。だが、けっして骨折り損ではなかった。リンゴの多様性の糸は、ヴァヴィロフを、リンゴという種の発祥地である天山《てんざん》山脈[*5]のアルマ・アタ —— カザフ語で「リンゴの祖父」と呼ばれる場所へと導いてくれたからだ。どんな宝石より美しく、感動的な場所だった。それは9月初旬のことだった。ヒマラヤの支脈はタルト・タタン[*6]の甘い香りで包まれていた。眼前には、リンゴの木ばかりでできた原始林が広がり、見わたすかぎり、色とりどりの果実が実っている。まさにエデンの園[*7]だ。

フルーツサラダに入っているリンゴがこんなにも甘くてみずみずしいのは、楽園でほぼ裸で暮らしていた人類のカップルを試すためではなく、クマとウマというもっと毛深い哺乳類を誘惑するためである。ヴァヴィロフは天山の生態系を分析したときにそう気づいた。だがおそらく彼は、かつてないほどおいしそうにリンゴをむしゃむしゃ食べる自分のラバを見ただけでも、それがわかっただろう。

進化によってリンゴの木にはジューシーな果実が与えられたが、その最初の目的はクマを試すためだった。大型の補食獣というイメージがしみついているのとは裏腹に、ほとんどのヒグマはベジタリアンである。カザフスタンではリンゴとクマが共進化した。リンゴはクマに肉厚の甘い果実を提供し、代わりに種子を運ばせるのだ。

その後、リンゴはウマに乗ってそのエデンの園を後にした。正確にはウマの胃袋に乗りこんだ。たとえばモウコノウマという小型のウマはリンゴをおいしく食べ、駆けまわりながらユーラシアの草原《ステップ》にリンゴの種子をばらまいた。人類はその成果を享受しているにすぎない。

リンゴをかじるたびにクマや野生のウマに感謝しなければならない。クマや野生のウマの力なしには、どんな品種のリンゴもみんな発育不良でとても食べられたものではなく、カザフスタンの渓谷に幽閉されたままだっただろう。ノルマンディーの人々を絶望させる展開だ。

13

フルーツサラダ

ヴァヴィロフは天山山脈で驚いたが、彼が味わったフルーツサラダが僕たちが食べるサラダよりおいしかったと考えてはならない。味覚が繊細でないラバにはよかったかもしれないが、当地のリンゴはすべてがおいしいわけではなかった。それどころか、食べているあいだは驚きっぱなしになるような代物だった。生け垣になった野生のリンゴを摘むときのように、すばらしいものに出会うこともあれば、まったくもってひどい味のものにあたることもあったからだ。

リンゴは、非常に特殊な遺伝的多様性をもっている。2本のリンゴの木が繁殖すると、たいていは親とまるっきり異なる子孫が生まれる。その果実がどんな味になるのかも予測

＊5 パミール高原の北から中国の新疆ウイグル自治区を東に走り、モンゴルとの国境近くまで延びる大山系。
＊6 リンゴのキャラメリゼを型に敷き、パイ生地をかぶせて焼き、ひっくり返したお菓子。
＊7 旧約聖書で神が人類の始祖アダムとイブを住まわせた場所。さまざまな果実の樹が植えられていた。

できない。そのために多様な個体が自然淘汰にさらされることになり、結果、リンゴという種《しゅ》は環境の変化に急速に適応できるようになる。しかし、リンゴの木を育てようとする者にとっては、まったくもって迷惑な話だ。おいしい実をつける2本の木から食用に適さない果実を実らせる子孫が生まれる可能性がとても高いのだから。

このリスクを避けるため、人間は接ぎ木によって味のよいリンゴを増やしている。それぞれの「品種」は、ある日どこかでおいしい果実を実らせた最初の木の記憶を永続的にとどめているクローンだ。つまり、スーパーマーケットに並ぶ甘くて赤いリンゴはすべて、1811年にジョン・マッキントッシュ*8がカナダのオンタリオ州の農場に植えたたった1本の木の小枝に遡る。彼に敬意を表すために、アップルパイ好きのコンピューター技術者は、あるパソコンのモデルに「マッキントッシュ」と名づけたのである。

ヴァヴィロフにとって、リンゴの味はあまり重要ではなかった。カザフスタンまで旅したのはおいしいデザートを持ち帰るためではなく、味に関係なく、リンゴの遺伝型のリストをつくるためだった。その地域の森林破壊が進んでいただけに、より緊急性を帯びた作業だった。遺伝学者ヴァヴィロフは、これまで彼があらゆる種《しゅ》の植物にしてきたことと同じことをリンゴにも行った。すなわち、集めてきたリンゴの種《たね》を、レニングラードにつくられたシードバンクで何千枚もの袋に詰めた。植物データベースともいえるこの研究所で、

13

フルーツサラダ

ヴァヴィロフは25万以上の種子を地球上の苦難から守り、人類が必要とするときに発芽させられるようにした。リンゴに続いて、米、トウモロコシやサクランボの足跡もたどった。5つの大陸を渡り歩き、貪欲なリスのように、膨大な量の種子を収集したのだ。

その探究の旅は1940年代に早すぎる終わりを迎えた。ソヴィエト連邦政府のかさの下にいる学者であり、まるっきり誤っていながらもスターリンのイデオロギーにおもねる植物学理論を主張したルイセンコ[*9]とのあいだで対立が起きたのだ。この詐欺師ともいえる植物学者は、生産的な農業で「教育する」ことによってシベリアでレモンを栽培できるようになると請け合った。ヴァヴィロフはそんな不条理を支持することなどできなかった。だが、政権に反する科学的な考えを述べただけで逮捕され、収容所送りになった。その後、飢餓と闘いながら、グラーグ[*10]で栄養失調が原因で亡くなった。

歴史の皮肉だろうか、ヴァヴィロフが収容所で亡くなるまさにその頃、彼の植物コレクションもまた、生き残るために奮闘していた。1943年の冬のことだ。レニングラードの街はドイツ軍に包囲されたが、種子バンクの労働者たちは降伏を拒否した。包囲は2年以上におよび、そのあいだ彼らは種子バンクの建物にたてこもった。そこは食用になる種

＊8　アメリカの農業家（1777-1845年？）。
＊9　トロフィム・デリソヴィチ・ルイセンコ（1898-1976年）、旧ソ連の農業生物学者。
＊10　旧ソ連の強制収容所。

子でいっぱいだったが、ある植物系統全体の最後の代表が消えてしまうことがないように標本一つ一つに至るまで、どれも食べてはいけないという掟を自分たちに課したという。この生物の神殿の番人たちにとっては、種子という宝に手をつけるぐらいなら餓死するほうがましだった。こうして、9人が命を落としたが、種子はすべて守られた。

世界じゅうの広大なネットワークの要であり、栽培植物の生物多様性の記憶でもあるこれらの種子はいまもそこにある。800種類のクロスグリ、1000種類のイチゴ、3840種類のリンゴ……ラベルの向こう側では、まったく信じられないようなフルーツサラダがそのときが来るのを待っている。液体窒素で冷却されたこのコレクション用の引き出しの中にはおそらく、明日の人類の食料となる植物がいくつか眠っているのではないだろうか。

14

フォンダンショコラ

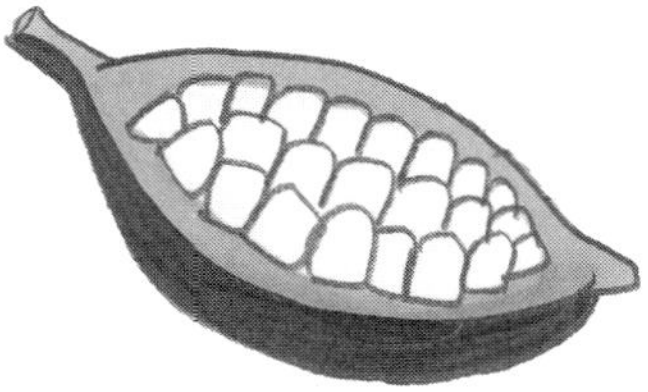

マストドン[*1]がショコラティエになる
ショコラティエが惑星をつくる
惑星がケーキをつくる

14

フォンダンショコラ

このデザートは存在しなかったはずだった。

いいタイミングに焼けるように――といっても半焼《ミキュイ》けなのだが――食事の初めに注文したとしても、本来ならこのケーキは僕たちのテーブルには存在しなかったはずだ。いや、誰のテーブルにものらなかっただろう。もし通常の経過をたどっていたなら、チョコレートはフォンダンショコラが発明される１万５０００年ほど前に姿を消していたのだから。

カカオの実の形がそれを物語っている。ダークチョコレートの包装紙の写真でおなじみのカカオの実。ラグビーボールのような楕円形で、赤かピンクか黄色という鮮やかな色が特徴のこの実は、５００グラム以上の重さがある。厚い殻に覆われていて、その種子、かの有名なチョコレート豆はインゲンマメぐらいの大きさだ。いったいどんな動物が、そんな実を丸飲みして種子を撒き散らすことができるのだろう？　カカオの木が生えるのがアフリカ南部なら、思い浮かぶのはゾウやカバだろう。しかし、この低木の原産地は、氷河

＊1　ゾウ目マムート科マムート属に属する大型の哺乳類の総称。

期が終わって以来、バクより大きな野生動物が足を踏み入れることのなかった一帯、そう、アマゾンだ。つまりその時代以降、カカオの木は種子を拡散させることができず、生き残ることはできなかったはずなのだ。

氷河期以前はすべてが違った。カカオの木も豊かな生活を送っていた。恐竜が絶滅して間もない新生代に出現し、いまとはまったく異なる動物相のなかで繁殖した。当時のラテンアメリカには、ラテン語でキュビエロニウス(*Cuvieronius*)、エレモテリウム(*Eremotherium*)、グリプトドン(*Glyptodon*)と呼ばれる動物たちが住んでいた。[*2] 大陸には巨大動物たち、想像できないような大きさの哺乳類の鳴き声が響きわたっていた。首、鼻、角が突き出ているこうした巨大動物の群れと同盟を結んだ植物たちは、その環境に適応し、こうした動物のサイズに合った果実を提供した。たとえば、森や茂みには巨大な実と立派なさやからなるカカオの実がたくさん存在し、大型の哺乳類が食べては、いつもの通り道に種子を撒き散らす。われらがか弱きカカオの木は、ゴンフォテリウムという巨大動物ととくに親しかった。あまりに小さい耳と逆向きについた牙が特徴的な毛深いゾウとでもいおうか。ゴンフォテリウムはカカオを食べ、ウサギが復活祭の卵をたくさん産むと伝えられているのと同じように、その実をあちこちにばらまいた。この史上初のチョコレート好きのおかげでカカオは進化し、ゴンフォテリウムの食欲を満たすために今日のような巨大

14

フォンダンショコラ

な実となった。

ところが、美しい友情で結ばれた数百万年が過ぎると、時代は変わる。氷河期が訪れ、その後、再び温暖化が進んだ。寒さに適応してきた希少なゴンフォテリウムも、その後の暖かさや最初の人類の捕食の増大を前に生き残れなかった。おそらく、その最後の一頭も1万年弱前には姿を消したと思われる。その後、南米の新たな動物相は小さい動物ばかりで構成されるようになり、カカオは食べられることがなくなった。こうして、カカオの木は大きな打撃を受けた。種子を拡散してくれる唯一の友を奪われ、絶滅の危機に瀕したのだ。

カカオの木が下草のあいだで孤立しながら、どうやって生きのびてきたのかはわからない。もはや誰も種子を拡散してくれないのだ。おそらく、カカオはつかのまの出会いに頼ったのだろう。サルやオウムがたまたまやってきたり、洪水のときに偶然、水の中に落ちた実が一つあったりというように。ゴンフォテリウムがいないかぎり有性生殖は不可能なことから、主に無性生殖によって挿し木や芽を介して増殖することで、なんとかもちこたえたのだろう。カカオにとってはいずれにしても、約5500年前の奇跡の日までは、生き残る望みがほとんど断たれていたようなものだった。だがその日、エクアドルの山岳

＊2　キュビエロニウスはゾウ、エレモテリウムはナマケモノ、グリプトドンはアルマジロに似た哺乳類。

地帯のジャングルのどこかで、カカオの木は二足歩行の霊長類と出会った。この霊長類は種子をすりつぶしてペースト状にし、ペーストがなくなったときには指までなめまわした。こうして、チョコレートが誕生した。

とっくの昔に消えていたはずなのはカカオだけではない。もしあなたがヴィーガン用のガトーショコラが好きなら、きっとバターの代わりにアボカドを使うだろう。これもまた、過去からの訪問者だ。

自然に興味をもった子どもたちがコップに種《たね》を植えるようになるおよそ2万年前、アボカドの種子は巨大なナマケモノに似た哺乳類、メガテリウム*3に丸飲みにされ、その後、腹ごなしの散歩のついでに、あちこちに植えつけられた。アメリカ大陸の他の大型動物とともにメガテリウムが姿を消したとき、アボカドの木ももう少しで消滅するところだった。ダイエット中の

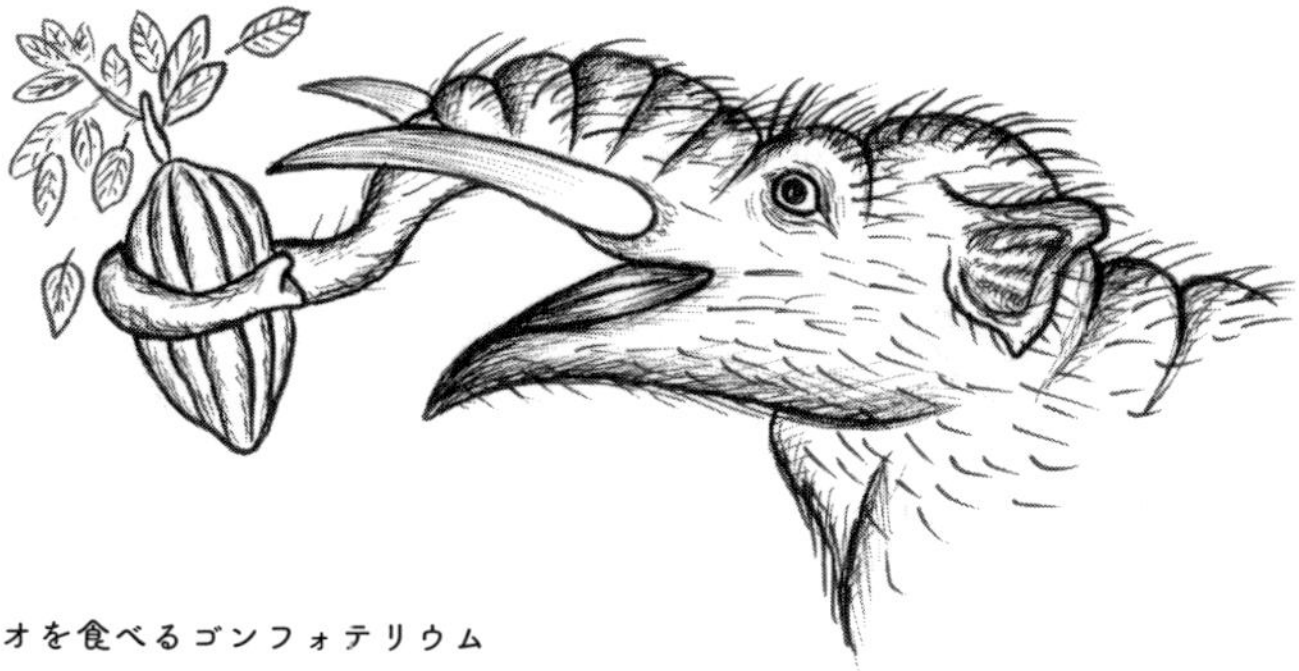

カカオを食べるゴンフォテリウム

14

フォンダンショコラ

ジャガーを除けば、アボカドの種《たね》を安全に飲みこめる現代の野生動物はほとんどいない。この果実もまた、進化の亡霊なのだ。

ヴィーガン用のガトーショコラをおいしくするために、ズッキーニをすりおろして入れてもいい。デザートのレシピにはたしてズッキーニの居場所があるのか？　これは議論を呼ぶかもしれないが、科学者は、ズッキーニには、ケーキのレシピをはじめ、どこにもふさわしい居場所はないときっぱりと言い切っていた。それはズッキーニにはなめらかさが足りないからではなく、ズッキーニもまた本来なら消滅していたはずの存在だからである。大型動物たちと密接に関係しているこのウリ科の植物は、大型動物たちより長く生きのびるはずはなかった。さまざまなカボチャの先祖であるズッキーニは硬い殻をもち、それをかじれるのは大型の厚皮動物だけだ。さらに、ククルビタシンという毒素を含んでいるために非常に苦く、危険でもあった。ただし、その巨大な体のために毒素の効果を薄めることができ、遺伝的にも毒に侵されづらいマンモスの仲間、マストドンだけは例外だった。そのマストドンが絶滅した以上、ホモ・サピエンスに好かれることがなければ、ウリ科の植物は完全に消滅していたことだろう。幸いなことに、ネイティブ・アメリカンがカボ

＊3　鮮新世から更新世にかけて生息していた大型のナマケモノに似た哺乳類。

チャを栽培し、忍耐強い交配によってカボチャをやわらかくすることに成功したため、世界じゅうの畑に広がることができた。ズッキーニやその他のカボチャのもとになったペポカボチャやニホンカボチャを含むほとんどの種《しゅ》は、おそらく自然界ではすでに消滅している。一方、セイヨウカボチャのように、ごく限られた一帯でしか野生の状態で生きのびていないものもある。ハロウィンのカボチャと同じく、野生のカボチャはもはや亡霊でしかない。庭師たちは、いなくなってしまった巨大なカボチャたちに代わって再び躍進するチャンスを与えようと、野生のカボチャの子孫たちを大事に扱っている。

今日、ガトーショコラやアボカドやズッキーニを食べるのは、恐竜の時代にマンモスのバーガーを食べるのと同じくらい時代錯誤だ！　それでも、太古の時代の証人であるこれらの種《しゅ》は現代まで生き残ることができた。ホモ・サピエンスによる助けが救いになった種《しゅ》もいるが、奇跡的にも多くの種《しゅ》は自分たちだけでどうにか生きのびてきた。

かりっとした食感を加えたいなら、ガトーショコラに砕いたヘーゼルナッツを振りかけるといい。これは、僕たちの田舎でよく見られる進化した時代錯誤《アナクロニスム》だ。セイヨウハシバミ[*4]は種子をやすやすと蒔くことができる。リスが種《たね》を貯めこんだことを忘れてしまえば、しめたものだ。しかし、木には光が必要なので下草の生い茂った暗闇ではうまく育たない。草食動物が草を食むような平原もいまいちだ。木がまばらに生えている明るい森林、つまりサバンナが必要なのだ。とはいえ、今日の大型草食動物であるシカやノロは、温帯林を伐採してハシバミのサバンナに変えられるわけではない。数千年前のバイソン、ヘラジカ、オーロックスにも無理だった。先史時代の花粉を分析した結果わかったことは、ハシバミの木が真に繁栄し、進化してヨーロッパを征服できたのは、巨大な動物が大規模な伐採を行うという条件が満たされたからだということだった。僕らがいまヘーゼルナッツを食べられるのは、現在のカバの2倍の大きさだったゴルゴプス（*Hippopotamus gorgops*）[*5]のおかげだ。地中海の島々にいたコビトゾウの先祖である、牙がまっすぐなゾウの助けも必要だった。「カンボジア風ビーフ・ロック・ラック」の章で家畜化され垂れた耳をもつことを夢見ていた、立派な鼻をもつケサイという脇役も忘れてはいけない。

ヴィーガン用だろうとバターを使おうと、ガトーショコラは消え去ったたくさんの巨大動物が残した遺産なのだ！ そして、何百万年にもわたるチームワークの最後を飾るためにマーモットがするべきは、アルミニウムの包装で板チョコを包むことだけである！[*6]

14

フォンダンショコラ

＊4 カバノキ科の低木。実がヘーゼルナッツと呼ばれる。
＊5 更新世に生息していたカバに似た哺乳類。
＊6 スイスのチョコレートブランド《ミルカ》のコマーシャルで、マーモットがチョコレートを包装するシーンがあった。

ケーキのうちに過去の名残を見出すこと、あるいは逆に過去の名残のうちにケーキを見出すことは、フランク・バックランドの楽しみの一つだった。フランクが残した著作には、自然界とケーキを比較する記述が多く見つけられる。彼は、ドーバー・チョーク[*7]の堆積層を見て、海に臨む巨大なウエディングケーキを連想した。自分の博物館のために石膏でクジラの化石をつくるときも、ケーキのアイシングと型抜き作業を思い浮かべていた。彼がキッチンで作業していたということも忘れてはならない。

週末に地質を見てまわった子ども時代は、フランクの人生でもっとも幸せな時期の一つだった。両親は子どもたちとともに山に登って地球の歴史をたどった。小さな石ころも、洪水や火山、浸食や化石の歴史を語っていた。父親が標本を採取し、母親が昔の生き物を大きな黒板に描いているあいだ、フランクはぱくぱくおやつを食べていた。

かつての地球は、なんておいしそうだったのだろう。フランクは家族とともに、地球のパイ生地《クラスト》（地殻）[*8]、プディングストーン[*9]、そして、アイスクリーム（氷）[*10]、金塊《ペピット》[*11]について話をした！　それらは、口の中でとろけるフォンダンやビスケットやサブレやパイなどを思わせた。若きフランクはどのお菓子も好きだったにちがいない。チョコレートのような玄

14

フォンダンショコラ

武岩[*12]の柱状節理[*13]に、クッキーに見える花崗岩《かこうがん》の山。彼にとって地球は、ケーキ屋さんの巨大なショーケースだった。フランクを料理と科学の道に導いたのは、教師ではなくこうした探索だった。それなしでは、彼は僕たちの知るフランク・バックランドにはならなかっただろう。

バックランドの夜遅くまでの研究を支えたケーキの数々に対しては、どんなに賞賛しようとしすぎることはない。フランクは博物学者になり、パイ皮を眺めるたびに、両親を追いかけて石灰岩の岩場を走りまわった無邪気な日々を思い出した。コーヒー味のお菓子の元気の出るような苦さ、食欲をそそる熱いキャラメル、干しブドウの弾力……。終わりのない研究に打ち込むフランクにとって、こうした食べ物はもっとも信頼のおける友であり、忠実な味方であった。偉大な人物の陰には、ちょっとしたお菓子が潜んでいることが多いのである。

＊7　イギリス南東部の港湾都市ドーバーにある白亜の白い崖。
＊8　フランス語では地殻を表す単語croûte terrestreにパイ生地croûteが含まれている。
＊9　色鮮やかな礫岩。
＊10　フランス語ではアイスクリームも氷もどちらもglaceという。
＊11　ペピット（pépite）は単体では金塊を意味するが、pépite de chocolatは小粒のチョコレートを指す。
＊12　火山岩の一つ。暗灰色または黒色の緻密な岩石。
＊13　岩体に入った柱状の割れ目。マグマが冷却固結する際、収縮して生じる。

チョコレートは火山の溶岩のように泡立つ。菓子職人の目線に立つと、厨房は地球の中心部に似ている。部門シェフ《シェフ・ド・パルティ》は、火山学者のように正確に混合物の温度をモニターする。まるで火山の誕生を見ているかのように。

お菓子づくりは他の料理とは違う。食材の風味を変えるのではなく、構造を変えるのだ。無機的で、ほとんど抽象的でもある。自然から完全に切り離されているようにも見える。魚の内臓を取り除いたり、ニンジンの土を落としたりするときのように、植物や動物を扱っているという感覚はない。自然に反して精製された、ほとんど鉱物のような素材を調合する。粉砂糖、小麦粉、卵白……。現代では僕らがそれをまるで純粋な食材と思ってしまっているようなこうした製品は、地球に関して別の視点に立たせてくれる。お菓子づくりは世界をつくりだすことなのだから。

ケーキが岩や山にこれほどまでによく似ているのは、まったく同じ方法で形成されるからだ。菓子店のオーブンの中で、材料は鉱物の地質学的現象と同じ物理的変化を遂げる。

14

フォンダンショコラ

チョコレートは、それだけで地球のマントルの模型でもある。ミクロで見ると、岩石のような構造をしている。その成分は石英でも雲母でもなく、脂肪酸だ。鍋という火山に入っているチョコレートはまるで溶岩。それはまた無秩序な混合物といえ、そこでは高温と木べらによる攪拌によって脂肪酸が絶えず揺れている。ところが溶岩は、火山の斜面に沿って冷やされると固まり、結晶化する。キッチンの作業台では、チョコレートの脂肪酸が同じプロセスで結晶化する。鉱物あるいは脂肪酸が集まり、互いに対して形を成し、それがぴったりはまって秩序立った規則正しい構造となり、そこから結晶が生まれる。岩の結晶、あるいはチョコレートの結晶である。

　脂肪酸は、その形状から全部で6種類の配列が可能だ。つまり6種類の結晶が可能で、それぞれチョコレートの質、硬さ、溶ける温度が異なる。きれいに割れ、口の中では溶けるが手では溶けない板チョコをつくりたいのであれば、6種類のうち上から2番目に硬い「V型」の結晶でなければならない。

　そのために、ショコラティエは、きわめて純粋で希少な石が山の中で誕生するのと同じプロセスを再現しなければならない。V型の結晶の成長を促す冷却と、他のすべての形態の結晶を溶かす正確な温度への加熱を交互に行うのだ。ショコラティエに嫌がられるテンパリング[*14]という綿密な作業である。岩石は地中でまったく同じように変化する。つまり冷却の速度と温度によって、生成される結晶と溶ける結晶が出てくる。ジャンドゥーヤ[*15]の生地から極上の板チョコができるように、ありふれた小石が晶洞《ジオード》*16になるのである。

箱入りのチョコレートも、地質学的な移り変わりと同じように時間とともに変化する。ちょっとしたチョコレートは本と同じで、自分で楽しむというよりは贈り物として購入されることが多い。そして、プレゼントされたとしても、今度は自分が誰かにプレゼントしたいと考え、お客さんが来るまで箱を開けないでおく。つまり、次に別の友達とディナーするまで、チョコレートも長いあいだ待たされるのだ。するとチョコレートは熟成が進み、表面が白くなめらかに繊細になる。心配はいらない。岩石と同じことが起きているだけだ。地質学上のいくつかの時代を経て、結晶はやがて姿を現す。チョコレートでは脂肪酸が部分的に溶けて表面に浮き上がり、純粋な形で結晶化する。サファイアのような美しさはないが、味わいにはなんの影響もないのでご安心を。

ところで、地球を構成する岩石のすべてが結晶でできているわけではない。火山地帯では、ときにガラスという別の状態の物質に遭遇することがある。ガラスは液体と固体のいわばハイブリッドだ。素速く冷却すると、不意打ちを食らったように瞬時に固まる。そんなふうに冷却があまりに急速に行われると、液体を構成する粒子は結晶になる時間がなく、不規則なまま固まる。こうしてできた物体は硬く脆くなるが、ミクロで見れば液体状態と

14

フォンダンショコラ

同じ不規則さをもっている。こうして、コップのガラスの状態が形成されるが、それは、火山岩の黒曜石やプレキシグラス[17]の丈夫なプラスチックのガラスの状態と同じである。パティシエもその状態を再現することができるのだ。

パティシエのガラスは砂糖でつくられる。粉砂糖はふつう、結晶の形をとる。並んでいるのはスクロースだ。これを溶かすと液体――いわゆるシロップ――になり、それを一定以上の速度で冷やすと、不思議なことにガラス転移を起こして固まり、「シュクル・フィレ」[18]と呼ばれるガラスになる。綿菓子、ベティーズ・ドゥ・カンブレ[19]、色とりどりのベルランゴ飴[20]など、どれもガラスのお菓子だ！

液体が固まってガラスになるのはなぜなのだろう？　それはまだ科学で説明されていない。実験を通じてさまざまなガラスをつくれるようになるとともに自然界の多様なガラス

＊14　チョコレートの温度を調節して、ココアバターを安定した結晶（V型）にする作業。
＊15　焙煎したナッツ類のペーストとチョコレートの混合物。
＊16　岩石や鉱脈の中にできた空洞。その中に美しい鉱物結晶が群生する。
＊17　アクリルガラスの一種。
＊18　砂糖が糸ガラス状になった飴状のお菓子。
＊19　フランス北部の都市カンブレー発祥のミントが入った飴。
＊20　フランスのピラミッド形の飴。

の観察が進んでいるのだが、ガラス化を引き起こすメカニズム、液体が「驚くべき形となる」本当の理由はまだわかっていない。物理学者にとってはいまだに謎だが、ガラス職人、火山、そして飴職人はその現象を日々うまく使いこなしている。

黒曜石、水晶、岩石、マグマ。太古の地球のようなフォンダンの材料がそろった。シェフがオーブンからミキュイの状態のものを取り出す。

指をやけどしそうになりながら湯気を立てているケーキを型からはずすと、小さな地震でひびが入る。ケーキの外側が冷却されると、ところどころで地滑りが起き、ケーキの表面に溝を掘る。僕たちのミキュイは玄武岩の土地であり、火山地帯だ。堆積岩の眺めが見たいなら、クランブル[21]にすべきだ。粘板岩《スレート》の土地がお好みならば、ミルフィーユを注文しさえすればいい。岩は黒く、ざらざらで小さな結晶でできているが、ところどころ延性もある。

やがて、赤い果実のピューレが川となって流れ、川底を浸食するだろう。丸いバニラアイスが深い堆石《モレーン》[22]を形成し、クレーム・アングレーズ[23]の海に融けておいしい河口を形成する。ホイップクリームの雲がそこに集まり、雨を降らせる。そこには模型よりリアルな世界が

14

フォンダンショコラ

ある。シェフが料理の出し入れ口の縁にそれを置く。「8番テーブルにフォンダン3つ！」

「はい！」

僕たちの世界がダイニングルームに到着した。熱いので気をつけよう。ここには地球がある。惑星がある。あとあるべきものは、生命だけだ。

＊21　小麦粉、砂糖、バターなどを混ぜ合わせ、そぼろ状にした英国発祥の生地。
＊22　氷河が谷を削りながら時間をかけて流れる時、削り取られた岩石・岩屑や土砂などが土手のように堆積した地形。
＊23　カスタードソースの一種。

15

レモンタルトと
オレンジピール

ゾウがオレンジをかじる

鏡の向こう側を味わう

光が人生に意味を与える

生命の出現を見届けるには、僕らにはレモンタルトが必要だ。
軽くメレンゲで飾られ、サワークリームで覆われたレモンタルト。その上にはオレンジピールを少々散らそう。

15

レモンタルトとオレンジピール

オレンジについては、昔からしょっちゅうその起源について議論されてきた。オレンジという名前がすでにそのことを表している。

「オレンジ（*orange*）」という言葉は、色を意味する前にまずは果実自体を意味し、その語源によって柑橘類の遍歴をたどることができる。オレンジはイタリアの商人によってフランスに運ばれてきたので、フランス語「オランジュ」はイタリア語「アランチャ（*arancia*）」から来ており、「アランチャ」はスペイン語「ナランハ（*naranja*）」から、「ナランハ」はアラビア語「ナーランジ（*nāranj*）」からきている。というのも、ムーア人[*1]が当時彼らの領土だったアンダルシアにオレンジを持ちこんだのが、ヨーロッパへの最初の

＊1　中世のマグレブ、イベリア半島、シチリア、マルタに住んでいたイスラム教徒。

伝来だったからだ。言葉から言葉へ、民族から民族へとオレンジの足跡を追うことができる。オレンジは、ユーラシアを横断する長旅の寄港地の数と同じだけ名前をもっている。アラビア語の名前は、ペルシャ語「ナーラング(*nārang*)」から来ていて、それを遡ると古典サンスクリット語の「ナーランガ(*nāraṅgaḥ*)」にたどりつく。およそ3000年前に用いられていたとても古い言葉だ。単語の起源についてこれ以上知ることは難しいが、ある仮説を提唱する言語学者もいる。ナーランガというサンスクリット語を逐語訳すると、「ゾウに対する毒」となるのだという仮説である。

1000年以上前から伝わるマレーシアの古い伝説は、まさにオレンジとゾウの関係に光を当てている。その伝説によると、神話時代、つまり人類が誕生するはるか昔、1頭のゾウがオレンジの木を発見し、自分の体が破裂するまでその実を食べつづけた。のちに人類が誕生し、村人はそのゾウの伝説の痕跡を見つけた。ゾウの胃があった場所にはオレンジの木が密集していたのだ。こうして人類で初めてオレンジを摘んだ村人は、その果実を「ナーガ・ランガ」と名づけた。一方、ゾウのほうは、その後すぐに二度とオレンジを食べないと誓ったのだという。この伝説の優れたところは、アジアゾウがオレンジを嫌うという実際に観察された現象を強調しているところだ。スリランカでは、ゾウを農地に近づかせないために、農民たちがオレンジの木で生け垣をつくる。危険を冒さずに大型の動物

15

レモンタルトとオレンジピール

と共存するための環境にも優しい手段である。一方、興味深いことに、アフリカゾウはアジアゾウのようにオレンジが嫌いでないどころか、むしろ大好物なようだ。

ゴンフォテリウムの消化機能のおかげで現在のカカオが存在している点は、科学者たちのあいだでも認められているが、現在オレンジがあるのはゾウの消化不良のおかげであるということについては、科学者の見解が一致しているわけではない。逆に、オレンジピールを添えたレモンタルトの香りには生命の秘密が隠されている。ゾウの命、オレンジの命、そして人類の命といったあらゆる形の生命の誕生の秘密だ。

色とりどりのキャンディーのおかげで、僕たちは子ども時代、つまり早いうちから、レモンの味とオレンジの味は全然違うことを知る。すっぱくてフレッシュなレモンと、少し頭をぼうっとさせるような苦味のあるオレンジの違いだ。

しかし、どちらの味もリモネンという同一の物質に由来する。レモンのリモネンとオレンジのリモネンはまったく同じ構造をしている。同じ原子からなり、同じ化学結合で結ばれ、同じ順序で並んでいる。ちょっとしたことでしか両者は区別できない。それは、互いが互いの鏡像であるという点だ。

すべてのものは2つのカテゴリーに分けることができる。鏡に映る姿と変わらないものと、そうでないものだ。

たいていのものは最初のカテゴリーに入る。椅子、皿、フォーク……などは鏡に映しても同じだ。

しかし、手はどうだろう？ 鏡に右手を映すと映っているのは左手である。好きなだけ左手を回してみたり元に戻してみることはできるが、けっして右手と重なることはない。左手と右手は似ていると同時に、根本的に違うのだ。手と同じように、鏡の中では右バージョンと左バージョンが存在するものは、ギリシャ語で「手」を意味する「キラル」と呼ばれる。コルク栓、螺旋階段、人間の耳、そしてとりわけリモネンがそれに当てはまる。

この特性は取るに足らない単純なことのように思える。だが、実際には人間の生き死にはこの特性にかかっている！

鏡の両側

15

レモンタルトとオレンジピール

もし僕らがデザートを分子レベルで味わうことができたら、さまざまな香りがキラルな物質から来ているとわかるだろう。そして、「右手」バージョンで味わっているか「左手」バージョンで味わっているかで、その味は何から何まで違うと気づくだろう。ある形はレモンで、別の形はオレンジであるような柑橘類のリモネンと同じように、カルボンという物質は鏡の片側ではキャラウェイの味になり、反対側ではミントの香りになる。リナロールは、キラリティ、すなわち鏡像と重ね合わせられない性質が右か左かによってローズウッドとラベンダーになる。こうした例は枚挙にいとまがなく、それは芳香族化合物の大部分に当てはまる。人間の口や鼻の化学受容体は物質のキラリティに敏感である。ネジが回す向きに敏感なのと同じだ。逆向きに回すとネジは締まらない。

この現象は、人間の味覚と嗅覚だけに関わるわけではない。「右手」であるか「左手」であるかによって、同じ物質が毒にも薬にもなるからだ。つまり有用にも無用にもなるし、栄養あるものにも消化できないものにもなるのである。

生物同士が、食べ、食べられ、消化し、消化され、味わい、味わわれ、においを嗅ぎ、においを嗅がれるには、当然のことながら互いが同じ左右の向きで動いていなければならない。適合する「ネジ」と「ナット」のみをつくりださなければならないのだ。そして、現実はそうなっている。生き物は鏡の一方の側を選んでいるのだ。地球上のすべての生命の形は、ある方向にしか歯車が動かない巨大なオートマトンの大きなショーウィンドウでもあるかのように、ともに同じ方向性をもっている。

これらの歯車は、DNA、糖、アミノ酸といった生化学の基本をなす構成要素である。これらの物質はどれもキラルで、自然界では右か左のどちらかの形しか生成されず、両方で生成されることはない。この規則には、左側通行の英国人であったとしても例外はない。

左右反転した生物が鏡の向こう側から出てきたとしても、こちら側の世界では生きていくことができないだろう。その生物にとっては、レモンはオレンジの味で、オレンジはレモンの味になるのだろうが、それ以上に大事なのは、その生物は糖とタンパク質を消化できないということだ。

レモンとオレンジの違いを味わうことで、生命に隠されたこの大いなる規則を僕たち人間は実感できるようになる。

あるいは、次のようにも言えるかもしれない。レモンとオレンジの違いを味わうとき、僕たちは生命の条件そのものを味わっているのだ、と。なぜなら、自然界に存在するすべての物質が互いに対して機能できるように同じ側を選んでいなかったとすれば、生命は存在しなかっただろうからだ。

これは、運についての単純な問題だ。たとえちょっとしたタンパク質であるとしても、

15

レモンタルトとオレンジピール

それを形成するには数百のアミノ酸を集めなければならない。それぞれのキラリティがランダムに選択されるなら、すべてが正しい向きにそろい、正しく配列される確率はごくわずかだ。どの段階でも2分の1の確率で各部品が左右逆に組み立てられてしまうような、百個の部品でできた家具を組み立てるところを想像してみてほしい！ このような家具だけで構成された家と同じように、キラリティをもたない生命は立ちゆかなくなる。

ところで、自然はどのようにして鏡の一方の側を選んだのだろう？ まず、何かが生命を構成する一番目のパーツを左右非対称にしたにちがいない。何かとは、創造的な力をもつ何かだ。それはいったい誰なのだろう？ 現代でもまだ答えの出ていない科学の難問の一つだ。しかし、手がかりはある。レモンタルトのある成分がヒントを与えてくれている。生命の責任者が誰なのか知りたければ、粉砂糖に尋ねてみればいい。

1810年頃、物理学者は、光が特定の媒質を通過すると奇妙なしかたで屈折するという不思議な現象を発見した。この媒質を通過した光線は、一定の角度、一定の方向にしか伝わらなくなる。まるで左右非対称になったかのようだ。

当時はテンサイの全盛期だった。英国に経済的打撃を与えるためにナポレオンが行った大陸封鎖により、カリブのキビ糖はヨーロッパには届かなくなった。そのため、皇帝ナポレオンと彼に仕える農学者は、フランス北部で大規模にテンサイを栽培するという計画に乗り出した。根に蓄積したスクロースを抽出するプロセスは完成したばかりだったが、このつつましいビーツである、学名をベタ・ウルガリス（*Beta vulgaris*）というテンサイは国家戦略に関わるものに格上げされた。テンサイは経済的に成功を収め、1世紀も経たないうちに、サトウキビを完全に駆逐し、奴隷制廃止にまで大きな役割を果たした。

そこで、偉大な科学者たちが砂糖の研究に動員された。その一人である物理学者ジャン＝バティスト・ビオ[*2]は、テンサイのシロップが光を左右非対称にする媒質の一つであることに気がついた。これは重要な発見だった。そこから、この原理を用いてテンサイ汁における糖の含有量を測定する器具が生まれたからだ。それは、試料を通過する光の屈折を測定するための望遠鏡を一つ備えた、いわば脚付きの万華鏡のようなものだった。この「検糖計《サッカリメーター》」は、発明者であるソレイユ某氏——運命づけられたかのようなこんな名前、本書にもめったに登場しないのだが——にひと財産をもたらした。

検糖計によってビオは研究を拡大し、別の有機物質、とくにレモンの精油が光を屈折させることに気がついた。しかし、その発見からそれ以上の何かを引き出すことはできなかった。ビオは、「光学活性」のこれらの化合物のあいだの共通点、すなわちそのキラリティには気づかなかった。それもそのはず、キラリティの概念は当時まだ発見されていなかったのだ。パズルのすべてのピースを集めるには、１８４８年、ビオの弟子、かのルイ・パスツール[＊3]の発見を待たなければならない。ここでもまた、食卓のデザートのなかに偉大な発見のきっかけとなった食材を見つけることができる。

ソムリエは、レモンタルトのお供に、甘口のワイン、とくにアルザスの遅摘みの白ワインを勧める。ゲヴュルツトラミネール[＊4]は、スクラブル[＊5]のファンを喜ばせるために存在するだけではない。かつて人類の世界への認識を深めてくれたように、デザートの食感も深めてくれる。

ある日パスツールは、この飲み物の品質を改善しようとして大樽の底に酒石酸という物質の結晶を見つけた。酒石酸はワインによく含まれる沈殿物なので、何も驚くべきことは

＊2　フランスの物理学者、天文学者、数学者（１７７４－１８６２年）。
＊3　フランスの科学者、微生物学者（１８２２－１８９５年）。
＊4　Gewürztraminerと綴るブドウの品種。「ゲヴュルツ（Gewürz）」はドイツ語でスパイスを意味する。
＊5　アルファベットを並べて英単語をつくるゲーム。単語が長いほど高得点となる。

ないはずだった。しかし、その結晶が左右非対称な形をしていることにパスツールは目を見張った。検糖計で結晶を観察し、同じでありながら互いに鏡像である2つの結晶が光線をそれぞれ反対の方向に屈折させているとわかった。

光の非対称性は結晶の形の非対称性によるものであり、結晶の非対称性はというと、より根本的な非対称性、つまり結晶を構成するそれぞれの分子の非対称性に由来するとわかったのだ。パスツールはキラリティの概念と、キラル分子が光と相互作用するという事実を同時に発見した。アルザスの白ワインが入った彼の樽が生化学の最大の発見の一つにつながったのである。

今日では、光そのものもキラルであることが知られている。光を構成する電磁場は非対称な構造をつくりあげる。かなり抽象的ではあるが、光の波はコルクスクリューのようなものと想像できる。右回りか左回りかに回転しながら前に進むのだ。そして、右回りあるいは左回りのコルクスクリューである光線は、それ自体が右手あるいは左手であるキラル分子に遭遇する。すると、その「手」は、方向に応じて「コルクスクリュー」を作用させたり、させなかったりする。光は通過する、または遮られる。このようにして、キラル分子は光線を屈折させる。

しかし、分子が光に作用するのであれば、逆に光も分子に作用を及ぼす可能性がある。

15

レモンタルトとオレンジピール

そして分子を左右非対称にする……。光は、生命の起源を捜査するうえで「完璧な犯人」として浮かびあがる。

数十億年前、おそらく非対称の光線が、生物を最小の構成部品である数個のアミノ酸にそのキラリティを伝えたのではないだろうか。そのアミノ酸同士が互いに反応し合うことでこの現象は増幅され、今度は非対称の成分が形成されたのだろう。そうして、一連の不活性物質が鏡の同じ側に傾いた。その結果、どんどん複雑になっていくキラル化合物が形成され、ついには栄養をとり、増殖していく存在が登場するに至ったのだろう。ひと言でいえば、生物だ。

僕たちはみな光線から生まれたのかもしれない。その考えは美しいが、あくまで仮説にすぎない。鏡のどちら側を選択したかは単なる偶然の産物だった可能性もある。僕たちは、光あるいは偶然の産物なのだろうか？　くらくらするような疑問だ。幸いなことに、その答えに近づいた者がいる。植物園のピスタチオの木だ。

ピスタチオの樹齢はいまでは3世紀を超えている。だが、そうは見えない。その幹は、ビュフォン[*6]が1785年に植えた隣の木、プラタナスのように年月とともに成長して巨大になったということはない。ピスタチオは細身で小さい常緑樹である。一番重い2本の枝を支えるための添え木がしてあることまではなかなか気づかれないだろう。

300年間、人間はさまざまなものを見てきた。そしてさまざまなことを学んだ。ピスタチオの木が誕生したとき、人々が花粉のことを花の排泄物であると思っていたのはまちがいない。さらに、地球は4000年前に誕生し、その最初の週にすべての生物種が誕生し、空気よりも軽い物体だけが空を飛ぶことができると思われていた。

今日、真逆であることがわかっている。ピスタチオの木が果実をつけるのは、花粉を介して魂の伴侶と出会えたときだけだ。その足元にはシダとスギナが茂っていて、それらの種《しゅ》が出現したのは4億年前と書かれた立て札もある。その枝の上空では、いにしえの学者たちが飛べるわけがないと考えていた50トン以上の重さの飛行機が残した白い飛行機雲のあいだでスズメが遊んでいる。人類の知識は木よりも速く成長する。

どの時代も、ピスタチオは、木陰で休息する女性たちや男性たちの忠実なる友であった。多くの秘密を内に隠しもち、自分の重みでつぶれることなく立ちつづけるためには丈夫な枝が必要だ。

学問の場に生えているその木の樹皮は、新しい考え方を、ときには天才のひらめきを、それと同時に、しばしば完全に誤っている直感を打ち明けられてきた。旅する植物学者、イチゴの苗を両手いっぱいに抱えたスパイ、トマトに餓えたサンキュロット[*7]がいた。不器用な船乗りは、周囲の温室で栽培されていた外来種を観察しながらナツメグを夢見た。山高帽をかぶった一人の英国人もまた、しばしばその葉の下に座った。動物園の動物たちについてメモをとり、新しい味に満ちた未来を想像しながら……。その英国人、フランク・バックランドは何度か植物園を訪問したことを日記に詳しく記している。ポルトガル人の菌学者で植物病理学者でもあるマティルジ・ベンサウジは、ソルボンヌにあった研究室から、菌糸体の実験で頭をいっぱいにしながら、新鮮な空気を吸いにここまで歩いてきた。

どの人物も、僕たちの食事に革命をもたらすだけでなく、僕たちの世界を覆っている未知の大きなベールの一端、あるいはその一本の糸を持ち上げようと必死だった。

ピスタチオの木は、その周りに建てられた博物館の研究室の中にキメラでいっぱいのビン、恐竜の化石、白衣を着た人々、のちには電子顕微鏡が入っていくのを見てきた。そし

＊6　ジョルジュ＝ルイ・ルクレール・ドゥ・ビュフォン（1707〜1788年）、フランスの博物学者・啓蒙思想家。

＊7　フランス革命の原動力となった、都市の手工業者や小商店主、労働者などの下層市民層の呼称。貴族やブルジョアジーの着用したキュロット（半ズボン）をはかない者という意味。

てさまざまな発見について報告されるのを見てきた。というのも、人間はさまざまな種《しゅ》がどのように進化してきたかを理解し、現在を出発点にして逆方向に遡ることで生命の物語を執筆してきたからだ。いまやどんどんページが埋まっているが、何かの起源について語るべきところはまだまだ真っ白なままだ。

最近、植物園に新しい宝物が加わった。一見何の変哲もない石で、素人目には道路の敷石と見分けがつかない。だが、その見かけによらず、遠くから来た石なのだ。

炭素質コンドライト[*8]は太陽系よりも古くからある。宇宙空間にある他の岩石が合体してさまざまな惑星を形成していたとき、炭素質コンドライトは冷たいまま虚空をさまよっていた。ときにはその一つが、60億年前に星屑のなかで生まれたときとほぼ同じ状態で空から落ちてくる。それはおおよそ半世紀に一度起こる。ピスタチオの木にとっては、そこまで珍しくないということになる。

博物館に到着した最初のコンドライトは、１８６４年にタルヌ＝エ＝ガロンヌ県のオルゲイユという村に落下した。落下物からは有機物が検出されたが、当時の測定値は不確かだった。それから１０５年後、今度はオーストラリアのマーチソンに別の隕石が落下し、コンドライトの発見は確かなものとなった。その隕石には生命の基本要素である70種類以上のアミノ酸が含まれていたのだ。

15

レモンタルトとオレンジピール

2010年、博物館のコレクションに新たなコンドライトが加わった。パリの競売場で偶然発見されたもので、地球に飛来してきたときの状況は知られていない。落下直後に拾われ、大気の影響による変質がまったくなかったということだけは確かなようだ。まだすべての秘密が解き明かされたわけではないが、これにもアミノ酸が含まれていた。

地球上の生物の一番基本的な構成要素がどのように集まって生命をつくりだしたのかはいまだにわかっていないが、コンドライトは、多種多様なこれらの構成要素が太陽よりも古い隕石に運ばれて定期的に地球に落ちてきていることを証明している。もしかしたら、人間が生きているのも、それらのコンドライトのおかげかもしれない。

隕石が宇宙を旅するなかで、アミノ酸が光線に出会い、生物のキラリティの原因である左右非対称性を受け取ったのかもしれない。数ある仮説の一つによれば、地球上の生命と同じキラリティをもつ、キラルなアミノ酸を主に含んでいるらしいコンドライトも存在する。それらは、非対称に偏光した紫外線という遠くからの光の効果によって鏡の同じ側を通ったと考えられる。

いずれにせよ、30億年前の海で生命が誕生した「原初のスープ」は、成功を収めた料理だ。加熱しすぎでもしょっぱすぎでもなかった。偶然にももともとから入っていた材料だけか

＊8　コンドライトとよばれる石質隕石のうち、有機物として炭素を含むもの。

らつくられたのか、あるいは宇宙から落ちてきた石が味を付けたのかはわからないが、3つ星に値することは確かだ。

パリの夜空には少ししか星が見えない。だが、ピスタチオの木が、自分の実の味はあの空の向こうでつくられたのだろうかと考えるには十分だ。空のはるか彼方、生まれたばかりの多数の星々のあいだの星間雲は、地球と同じキラリティのアミノ酸で満たされているようだ。天体望遠鏡によって、そこには、甘味料であるグリシンやウニのヨウドの苦味を与えるバリンが観察された。うま味成分のひとつ、グルタミン酸が検出された隕石もある。宇宙は特別な食卓《テーブル》にちがいない。彗星に次々と料理が供される、無限に広がる眺めが自慢の天文レストランだ。

地球は、はるか遠くにとても小さく見える。そして青い。鏡のどちら側から見るかによって、オレンジのようでもあり、レモンのようでもある。そしてクリーミーな天の川が、メレンゲの渦巻きで僕らの惑星を取り囲んでいる。円天井のような夜空には宇宙がさまざまな味わいとともに輝いている。想像もできないような香りがどれぐらいの数、星空の彼方で発見されるのを待っているのだろう？　まだ発見されていないおいしさはいったいい

15

レモンタルトとオレンジピール

くつあるのだろう？
星々がどんな味なのか、僕たちはいまだに知らない。

16

エピローグの代わりに
コーヒー……
そしてお会計

16

エピローグの代わりに　コーヒー……そしてお会計

食事は終わりに近づいている。

食事が終わって誰もいないテーブルもあれば、客が立ち上がっているテーブルもある。キッチンのチームもホールのチームもようやくひと息ついているようだ。しみのついたテーブルクロスの上にクレジットカード用のレシートが置かれている。

犬のレオは椅子の下で居眠りしている。レオは料理の残りと甘いものを子どもたちからもらう。人間たちのおしゃべりが終わるまでひと休みし、空想上の動物の夢を見る。

金髪の少年はスプーンでボウルの底をこすった。デザートで植物界と仲良くなれたのだ。チョコレートとイチゴアイスクリームに入っている植物にならば好感をもてるという結論に達している。おかわりもするだろう。

満腹になった観光客のスマートフォンがメガバイトを消化している。食事の写真を撮りすぎて、どのアプリを使ってシェアするのかさえ、もはやわからない。人間が毎日撮影している他のおびただしい数の写真と同じで、このスナップショットもまた、はかなくもあり不滅でもある。最後はデータセンターという冷蔵庫、僕たちの時代の奇妙なミュージアムの中に収まる。その起源を思い出させるかのように、料理のポートレートが蓄積されつづける巨大なマシーンは「サーバー」と呼ばれる。しかしこのサーバーは、料理の写真を誰かに提供《サーブ》するわけではないのだろう。

もう1枚写真を撮らないと。コーヒーの写真だ。ハートを描くフォームミルクで覆われてかわいらしく登場するコーヒーは、さぞや美しい写真になるだろう。

コーヒーマシンの音が聞こえる。テラス席にも、パーコレーターから焙煎されたコーヒーの香りが漂ってくる。アラビカコーヒーだ。そのコーヒー豆は南米のジャングル出身だが、その歴史はもっと近くの中近東で始まった。

大地から小さな2枚の葉が現れると、庭師は大喜びした。もちろん、ピスタチオの木もだ。柔らかな緑の芽が出てきたとき、種《たね》の発芽をずっと見守っていたピスタチオの木は、その樹皮にかすかな笑みを浮かべた。コーヒーノキの赤ちゃんの誕生に王立植物園全体が歓喜した。

フランスでは初めてのことだった。エチオピア原産のコーヒーノキは、西洋の植物学者にとってはほとんど伝説だった。これらの木は、東方のスルタン[*1]の領土の紅海沿岸、いまだにセイレーンや精霊が住むといわれている「幸福なアラビア」でしか栽培されていなかった。そこでは、イエメンとオスマン帝国の生産者がコーヒーの秘密を用心深く守っている。プランテーションに訪問者を近づけないようにして、生《なま》の種子をできるだけ持ち出されないよう十分に注意していた。そのため、焙煎ずみの豆だけがヨーロッパに届いていた。飲み物としてのコーヒーはマルセイユからエジンバラに至るまで各地の人々に活力を与えていたので、味はよく知られていたが、その植物を見たことのある人はいなかった。

しかし、オランダ人のある船乗りが、現在のイエメンにあるモカという港で、コーヒー豆をいくつかかすめとることに成功したらしい。船乗りはその豆をジャワ島で発芽させ、プランテーションを始めた。そして祖国がコーヒーの取引によって繁栄すると確信し、1706年、コーヒーノキの苗木を何本かアムステルダムの植物園に送ったといわれている。

当時、ホルトゥス・ボタニクス（アムステルダム植物園）とパリの王立植物園は、熾烈な競争を繰りひろげるライバル関係にあった。したがって、アムステルダムの街は、より美しく、より希少で、より豊かな樹木をそろえることでパリの緑地空間を凌駕しようという考えしか頭になかった。香辛料貿易で豊かになったオランダ人は、自分たちが植物の支

＊1　スンニ派イスラム諸王朝の君主の称号。

配者であると示したかったのだ。当然、コーヒーノキは大いに自慢の種《たね》となった。そしてそれほどまでに自慢の種《たね》だったからこそ、アムステルダムはそれを失うことになる。

きわめて稀な植物だとしても、それが自分のためだけであるなら所有することにどんな意味があるだろう。コーヒーノキが届くと、オランダ人はフランス人に対してそれを自慢せずにはいられなかった。1714年、アムステルダムの首長はコーヒーノキを1本、フランスの王に送り、「王立庭園のために」と添えた。実際には、それは贈り物というより力の誇示だった。メッセージは明確だ。パリの庭師連中に出る幕はない、ライバルであるアムステルダムは信じられないようなすばらしい木をたくさん持っていて、ただで差しあげることもできると言いたかったのだ！　しかも、ルイ14世[*2]はコーヒーが大嫌いだった。そんな彼にコーヒーを贈ることは、いっそう小気味がよかったのだ。

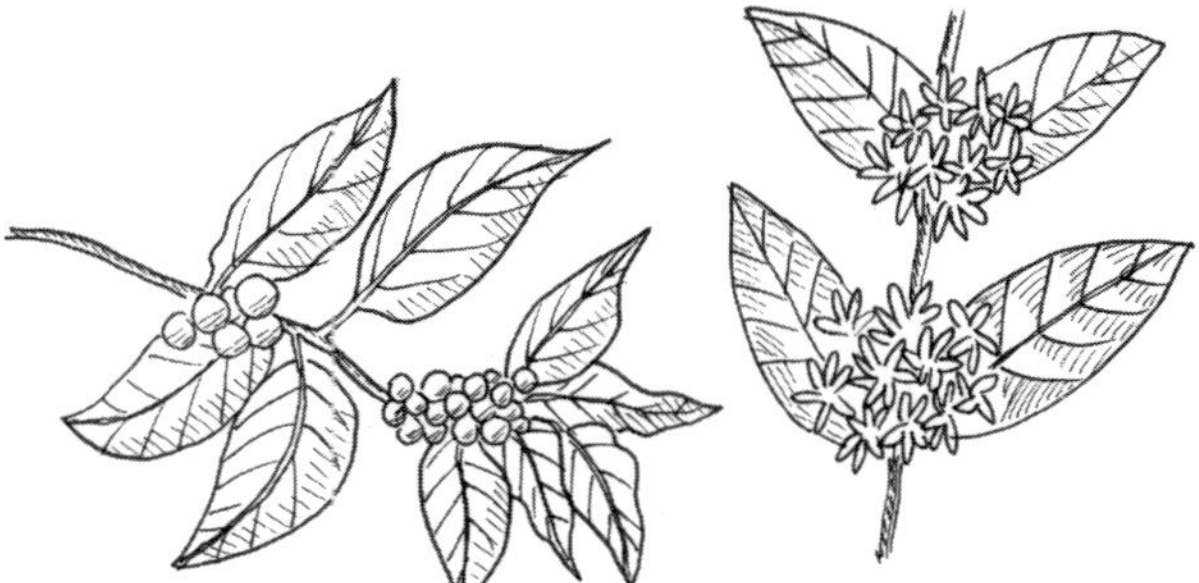

アラビカ種のコーヒーノキ

パリの園芸家たちはこの侮辱に腹を立てるどころか、この低木を育てるチャンスに飛びついた。この「月桂樹の葉をもつアラビアのジャスミン」——「コーヒーノキ」という名前はまだ存在していなかった——は、それはそれは入念に世話をされた。それほど大事にされたおかげで、木には種子ができ、それをまた植えることができた。こうして1715年のある朝、植物学者たちとピスタチオの木が優しく見守るなか、最初のコーヒーの木が王立植物園で芽を出した。

訪問者のなかには、ディエップ出身の船乗り、ドゥ・クリュー船長[*3]もいた。アンティル諸島での2回の任務の合間にパリに立ち寄ったドゥ・クリューは、ある考えとともに庭園に向かった。マルティニークでは、カカオのプランテーションがサイクロンによって壊滅的な被害を受けていた。そこでドゥ・クリューは側近の植物学者たちに、島の火山の山腹で栽培できる、より丈夫な種《しゅ》を探すよう依頼していた。コーヒーノキがドゥ・クリューの目にとまったのだ。庭師との交渉の末、ドゥ・クリュー船長は、若い芽を選び、その芽は

＊2　フランス絶対王政最盛期の国王（1638-1715年）。在位1643〜1715年。「太陽王」とも呼ばれた。

＊3　ガブリエル・マチウ・デルシニ・ドゥ・クリュー（1687-1774年）、フランスの海軍将校。グアドループ総督を務めた。

自分を待ち受けている運命を予想することもないままにすくすくと成長した。

その小さなコーヒーノキは十分に成長すると、パリの庭園に別れを告げ、ドゥ・クリューとともに出港した。航海は危険なものだった――もっともこの時代、航海に危険はつきものだったが。船長は、海賊に襲われたときにはサーベルを振るってその苗木を守らなければならなかった。海のしぶきから、船員の暴動からも嵐からも苗木を守った。その後、帆船が何週間も動かなくなるような凪の時期が訪れた。塩気を含む日差しのもと、ドゥ・クリューは植物に水をやるために自分が水を飲むのを我慢した。はるか水平線についに陸地が見えてきたときには、コーヒーノキはすっかりしおれていた。

しかし、陸《おか》に根を下ろすや、この低木は力を取りもどした。マルティニークの土壌はまさにうってつけだったのだ。サンゴの砂できらきら光る、鉄を含んだ石ころだらけの土地や南国の朝の暖かさのおかげで、葉に艶が出てきて枝に栄養が行きわたった。やがて、コーヒーノキは純白の花輪で飾られ、たわわに実った「サクランボのような実」に鳥の群れがやってくるようにもなった。

今日アメリカ大陸に生えているコーヒーノキはすべて、パリの王立庭園で芽を出したか弱い苗木の子孫である。その子どもたちはマルティニークからグアドループへ、グアドループから仏領ギアナへ、仏領ギアナからブラジルへと広がっていった。そうして、アメ

16

エピローグの代わりに　コーヒー……そしてお会計

リカ大陸じゅうのプランテーションと、世界じゅうのコーヒーカップを征服した。あなたが飲んでいるのが南米で収穫されたアラビカコーヒーであれば、たいていはパリの木の直系の子孫を味わっていることになる。

パリに立ち寄ることがあったら、古いピスタチオの木を訪れてみよう。ピスタチオは、数年にわたって同じ土壌に生えていた兄弟であったコーヒーノキのことをよく知っている。だから、その木の近況を聞いたら喜ぶだろう。あなたが毎朝、その子孫の子孫の子孫の子孫の実を味わっていること、それがオフィスで仕事の疲れを癒してくれること、そして飲み会の翌日の頭をしゃきっとさせてくれること……そんな話を聞けば、とても誇りに思うだろう。

ピスタチオの木はそれを、親友の成功のように喜んでくれることだろう。なにせ自分が目撃証人となった冒険の結果なのだから。だがしかし、ピスタチオの木

ピスタチオの木

は単なる証人だっただけなのだろうか？

そういえば、このピスタチオの木は、植物学にかかわる多くの出来事に居合わせてきた。そこで端役を演じるだけで、本当に満足していたのだろうか？　最初のイチゴ、コーヒーの祖先、革命のトマト、その他……信じられないような運命をたどった植物たちはそれぞれ、ある日、同じ木に出会った。なんという偶然だろう。僕には、単に偶然が重なっただけだとはとても思えない。

僕たちは現在、植物は葉や根の端から互いに会話していることを知っている。分子や菌類を通して、植物はたくさんの情報を交換し合っている。ピスタチオの木はおそらく、庭園の真ん中で全世界から集まってきた植物と会話していたのだろう。初めからすべてを仕組んでいたのが、あのピスタチオの木だとしたら？

結局のところ、ピスタチオの木は、若いコーヒーノキに植物ならではの謎に包まれた激励の言葉をかけて、アンティル諸島までの航海を耐えられるようにしてあげたのかもしれない。カリブ海のパイナップルや、アメリカ大陸のサツマイモからのアドバイスを伝え、新天地に適応できるようにしてあげていたのかもしれない。

密かな仲人として、最初のイチゴの両親が出会えるようにアレンジしたのも彼かもしれない。ブレストに向かうチリのイチゴの葉に、あそこに行けば共通点のたくさんある

16

エピローグの代わりに　コーヒー……そしてお会計

ヴァージニアのかわいい雌のイチゴが待っているよとささやいたのも彼かもしれない。もし、すべてはピスタチオの木のせい、いや、ピスタチオのおかげだとしたら？　もし僕たちの食事が実際はピスタチオのおかげだとしたら？

ピスタチオの木を訪ねようと決めたなら、彼に直接質問してみてほしい。ビュフォン通りからバラ園に入り、ベクレルの小道を進んで右折するとアルプス庭園に着く。カンガルーのいる場所を示す塀のすぐ裏で、ピスタチオの木があなたを待っている。彼の返事をどう解釈するのかは、あなたにお任せしたい。もしあなたが未来の世紀の読者なら、きっとその言語を理解できるだろう。

さて、まずはコーヒーを楽しもう。マカロンといっしょに……そう、ピスタチオ味のマカロンと。

訳者あとがき

本書は、フランスで2023年に刊行された*Le plus grand menu du monde: Histoires naturelles dans nos assiettes*（直訳すると『世界一のコース料理　お皿の中の博物学』）の日本語版である。フランス政府高等教育・研究・イノベーション省が年に1回優れた一般向け科学書に与える「科学の醍醐味」賞の最終候補3冊に選ばれるなど、本国では高く評価された。著者のInstagramによれば、現在、日本を含む8カ国での翻訳が進行中だという。

著者ビル・フランソワは、魚類の遊泳に関する論文で2023年にパリ大学から博士号を授与された生物物理学者だが、スピーチの出来を競い「フランスで一番の雄弁家」を決めるテレビ番組『ル・グラン・トラル』の優勝経験者でもあるという異色の経歴をもつ。海の生き物の生態や歴史を描いたエッセイ*Éloquence de la sardine*（邦訳『はぐれイワシの打ち明け話』光文社刊）は、17カ国語に翻訳され、大きな成功を収めた。本書はそのあとに書かれた2冊目の著書に当たる。

本書は、さまざまな食材についての科学的知見と歴史的エピソードが紹介されるエッセイである（料理法について考察されるわけではない）。ミシュラン三つ星を保持してきたパリの名レストランのオーナーシェフ、ギィ・サヴォワによる序文で幕を開け、各章がコース料理のように並ぶという構成をとっている。

「アペリティフの代わりに」「ミックスサラダ」「夏野菜のキッシュ」「シェアするプレート」「パンかご」までの各章では、主に植物や昆虫がとりあげられる。昔の人々がトマトにいかに恐怖を抱いていたか、毛沢東のスズメ駆除キャンペーンがどういう結末を招いたか……といった史実を交え、植物の味から動物の進化まで興味深い話題が続く。邦訳のタイトルとなっているライ麦と小麦の関係も「パンかご」の章で紹介される。

続く「七面鳥のブランケット」ではスパイスの歴史が、「チキンとフライドポテト」「カンボジア風ビーフ・ロック・ラック」では人間に飼育される動物や家畜の話が語られるのだが、それらの中心に据えられているのは19世紀のイギリス人、フランク・バックランドである。さまざまな動物を料理し、食したというこの人物の型破りのエピソードが次々と披露される。

「サーモンのユニラテラル」「白身魚の切り身」は魚類についての章だが、ここでもまた、サケの養殖や環境保護運動にかかわったフランク・バックランドの後半生が描かれる。

「キノコのオムレツ」では菌類の風変わりな生態が、「フルーツサラダ」ではイチゴをはじめとした果物の歴史が扱われ、「フォンダンショコラ」「レモンタルトとオレンジピール」では、地球の歴史や生命の起源へと話が広がっていく。

本書の魅力はなんといっても、紹介されている題材の幅広さと、一つ一つのエピソードの面白さだろう。たとえばハエやナツメグ、ニワトリやイチゴといった動植物にまつわる突拍子もない物語は、誰かに話したくなること請け合いだ。さらには、スピーチ大会優勝者ならではの軽妙な語り口や、ピスタチオに始まりピスタチオに終わる物語としての巧みな構成も、読む者を惹きつけてやまない要素だ。本の終盤に近づくにつれて、地球から宇宙へと話題のスケールが大きくなっていく展開に、翻訳しながらわくわくしたものだ。

だが、それ以上に訳者として魅了されたのは、フランク・バックランドに対する著者の思い入れだ。たしかに、フランク・バックランドは科学的知識の普及や漁業資源保護といった活動に生きた、いわば著者にとっての先達だ。だが、ここには先達への敬意だけでは説明できないような熱量が感じられる。強い好奇心、自然への愛、食に対する貪欲さ……、フランク・バックランドの情熱はそのまま著者自身の情熱でもあるのだ。

本書を読みながら、さらに先へと学びを進めたくなる読者もきっといるだろう。

たとえば、ここで紹介された人物たちの活躍の裏側に思いをめぐらすこともできる。アメリカ大陸からナス科の植物を持ち帰ったヨーロッパ人は、アメリカ大陸に多くの感染症を持ち込み、先住民の大量死を招いた……。東南アジアのスパイスをめぐるヨーロッパ各国の抗争は、現地の住民も犠牲にしながら展開され、より徹底的な植民地支配につながっていった……。コーヒーのプランテーションは先住民がいた土地に建設され、奴隷労働によって支えられた……。本書でもその一端は描かれているが、西洋の食文化の豊かさは、さまざまな人々・動植物の犠牲の上に成り立っている。私たち日本人もそのこととは無縁ではない。

あるいは、種の絶滅を嘆きつつ、伝統的な食文化の保存と環境保護を訴える著者の立場をさまざまな観点から吟味してみることもできるかもしれない。本書では19世紀の順化協会の失敗や、その活動が残した生態系への悪影響についても触れられているが、絶滅した種を復活させる行為に道徳的な問題はないのだろうか……。あるいは、伝統的な肉食文化を保存することは、動物倫理学の観点から見てどうなのだろうか……。

学びを深めて異論を唱えることは、著者も大歓迎のはずだ。

本書のフランスでの出版社、ファイヤール社のウェブサイトには、本書の専用ページがある（https://www.fayard.fr/livre/le-plus-grand-menu-du-monde-9782213718453/）。フランス語で書かれたものがほとんどだが、参考文献一覧（Bibliographie）も掲載されている。関連する画像が掲載されているほか、英語の論文や書籍、ウェブサイトも紹介されているので、興味のある方はぜひ覗いてみてほしい。

最後に、本書の翻訳は山本知子氏と共同で行い、光文社の辻宜克氏、そして翻訳会社リベルの皆さまに大変お世話になった。この場を借りて、感謝を伝えたい。

2024年6月

河合 隼雄

ライ麦《むぎ》はもともと小麦《こむぎ》に間違《まちが》えられた雑草《ざっそう》だった

食材《しょくざい》と人類《じんるい》のウィンウィンな関係《かんけい》

2024年 9 月30日　初版1刷発行

著者 ―――― ビル・フランソワ
訳者 ―――― 河合隼雄《かわいはやお》・山本知子《やまもとともこ》
カバーイラスト ―――― 長崎訓子《ながさきくにこ》
カバー・本文デザイン ―――― アルビレオ
発行者 ―――― 三宅貴久
組版 ―――― 新藤慶昌堂
印刷所 ―――― 新藤慶昌堂
製本所 ―――― ナショナル製本
発行所 ―――― 株式会社光文社
〒112-8011　東京都文京区音羽1-16-6
電話 ―――― 書籍編集部 03-5395-8162
書籍販売部 03-5395-8116
制作部 03-5395-8125

落丁本・乱丁本は制作部へご連絡くだされば、お取り替えいたします。

ISBN978-4-334-10436-8 Printed in Japan

■好評既刊

ローマン・マーズ&カート・コールステッド著　小坂恵理訳

街角さりげないもの事典

隠れたデザインの世界を探索する

B5変型・ハードカバー・2色刷り

藤森照信氏（建築家、路上観察学会）、
津村記久子氏（作家）推薦！

道路に書きつけられている記号は何？　マンホールの蓋にはなぜ絵が描いてある？　携帯電話の中継塔が街路樹に擬態している理由って？　都市に生きるわたしたちが見落としがちなものに注目して、建造物や建築にひそむ工夫や知られざる歴史をわかりやすく面白く解説。日々の散歩から街づくりにまで活かせて、知的好奇心をそそるトピックが満載！